Jean Amila
Auf Godot wartet keiner

Jean Amila

Auf Godot wartet keiner

Übersetzung aus dem
französischen Originaltext von
Helm S. Germer

CONTE *krimi*

Titel der französischen Originalausgabe: *Sans attendre Godot*

Bibliografische Information der Deutschen Nationalbibliothek
Die Deutsche Nationalbibliothek verzeichnet diese Publikation in der Deutschen Nationalbibliografie; detaillierte bibliografische Daten sind im Internet über http://dnb.d-nb.de abrufbar.

ISBN: 978-3-941657-11-3

Am Ludwigsberg 80–84
66113 Saarbrücken
Tel: (0681) 4162428
Fax: (0681) 4162444
E-Mail: info@conte-verlag.de
Internet: www.conte-verlag.de

Lektorat: Olivia Becker
Umschlag: Ariane Sohn
Satz: Markus Dawo
Druck und Bindung: PRISMA Verlagsdruckerei, Saarbrücken

I

»Ja!«, sagte Riton Godot nach einem längeren Schweigen. »Ich frag mich, ob –«

Er ließ den Satz unvollendet. In der typischen Manier des starken Mannes, dem es darauf ankommt, seine Männer hinter sich zu wissen. Gewöhnlich fand sich immer einer im Personal, der sich einen Ruck gab und versuchte, die Gedanken des Chefs in Worte zu fassen.

Doch weder Fred noch Jo machten Anstalten, sich bei ihrem Chef auf so plumpe Weise einzuschmeicheln. Waren sie nun Angestellte oder freie Mitarbeiter? Schwer zu sagen.

Jedenfalls genossen sie andächtig ihren eisgekühlten Pastis und lockerten den Kragen ihrer kurzärmeligen Hemden, damit die frische Luft des Ventilators sachte um ihre Brustbehaarung streichen konnte.

Es war ein drückend heißer Julitag in Paris.

Riton Godot seufzte. Er schwitzte. Sein Büro war zwar klimatisiert, doch sommers wie winters – er schwitzte immer. Ein kleines Gebrechen, mit dem er sich längst abgefunden hatte: Solange er schwitzte, lebte er.

»Was meint ihr, Jungs?«, fragte er. »Glaubt ihr an die Möglichkeit einer Schlichtung?«

Jetzt stand die Frage klar im Raum, jetzt mussten sie antworten. Fred, der kleine Sonnenverbrannte mit dem schmalen Schnurrbart, nahm einen Schluck des völlig trüben Getränks.

»Sie wissen ja«, sagte er, »Schlichtungen sind nicht gerade unsere Spezialität!«

»Stimmt!«, pflichtete Jo bei und schüttelte den Kopf; das kleine Gesicht des blonden jungen Mannes war so rot, dass er eigentlich nur aus dem Urlaub kommen konnte.

Man hatte sie wegen einer ›dringenden Angelegenheit‹ aus Juan-les-Pins zurückgerufen, wo sie es sich so richtig hatten gut gehen lassen: angesichts ihrer Vorgeschichte sicher nicht, um Verhandlungen zu führen!

Im Übrigen interessierten Godot ihre Kommentare nicht die Bohne. Er hatte nur der Form halber gefragt.

»Also ich«, sagte er, »glaub da nicht dran! Und deshalb seid ihr da, Jungs!«

Die drei befanden sich in einem halbdunklen Zimmer; das Fenster stand offen, die Jalousien waren heruntergelassen. Es roch nach englischen Zigaretten und Nelken. Der Verkehrslärm der Place Pigalle drang zu ihnen herauf; das hektische Anfahren der Autos, wenn die Ampel auf Grün sprang. Sie wussten, dass da draußen die Sonne nur so niederknallte und es ein Normalsterblicher auf der flirrend heißen Straße kaum aushalten konnte; in gewisser Weise war das ein tröstlicher Gedanke.

Riton Godot war in Hemdsärmeln. Breitbeinig stand er da; es sah so aus, als begutachte er seine Philodendren am Fenster. Er war ein korpulenter Südfranzose in den Fünfzigern, der sich durch Leibesübungen und viel Schwimmen fit hielt. Ein stämmiger Mann voll Kraft und Witz.

»Was mir da so vorschwebt, Jungs, das ist eine kleine Warnung ohne größeres Blutvergießen. Versteht ihr, worauf ich hinauswill? Ein harmloser kleiner Denkanstoß. Nichts weiter.«

»Schwierige Sache!«, sagte Fred.

Er wirkte nicht gerade begeistert, ja sogar ein wenig beleidigt.

»Die kennen uns! Wenn wir bei denen aufkreuzen, dann werden die kaum glauben, dass wir mit Niespulver, Chinaböllern und schmelzenden Löffeln vorbeikommen!«

»Aber, aber«, sagte Riton. »Wenns mir nur um Scherzartikel ginge, Jungs, dann hätt ich euch nicht hierher bemüht. Wenn ich nämlich Warnung sag, dann hab ich absolut nichts gegen eine kleine Maschinengewehrsalve. Wenn ihr zum Beispiel auf den Typ in seinem Auto ein paar Kugeln abfeuert, nur damit er sich so richtig ärgert, das wär erste Sahne!«

»Wenn er vorsichtig ist«, gab Fred zu bedenken, »dann wird er kaum allein unterwegs sein!«

»Wenn die Sache so einfach wäre«, sagte Godot, »dann hätte ich nicht extra zwei Meister hinzugeholt!«

Da kann man sagen, was man will, es macht doch immer wieder Freude. Auch der eisgekühlte Pastis verfehlte seine Wirkung nicht, und so fühlten sich Fred und Jo wie zwei Ritter, die zu einem Kreuzzug aufbrechen. In gewissem Sinne ging es ja auch um nicht viel weniger als um die Bestrafung eines Ungläubigen!

»Wie sieht denn die Schlichtung dieses Jahr aus?«, spöttelte Jo.

Riton sah ihn nicht im mindesten verärgert an.

»Mein Lieber, das eine schließt das andre nicht aus. Wenn man mit einem Starrkopf verhandeln will, dann versucht man zuerst, ihn weichzuklopfen. Ihr sollt ihn mir nicht zu Pastete verarbeiten, sondern bloß etwas einsichtiger machen. Eine kleine Gewehrsalve eben, die gekonnt danebengeht. Ich bin schließlich kein Sanguiniker!«

»Das lässt sich einrichten«, sagte Fred. »Wir bräuchten nur noch ein paar Hintergrundinformationen.«

»Ab jetzt werdet ihr auf zehn Sekunden genau über die Bewegungen unsres Mannes auf dem Laufenden gehalten. Ich hab schon jemand auf ihn angesetzt.«

Die beiden waren einverstanden. Alles schien bestens geplant.

»Sobald das erledigt ist«, sagte Riton, »könnt ihr ohne Zwischenstopp wieder ab nach Juan. Ich mach euch eure Überweisung dorthin, zu Don Camillo. Passt das?«

»Wir kennen uns schon lange, Herr Godot«, sagte Fred. »Ich denk, das passt.«

»Geht klar!«, sagte Jo.

Riton baute sich lächelnd vor ihnen auf.

»Ich lass euch soweit freie Hand, Jungs. Nur eine Sache: Die Warnung muss dem Empfänger bis morgen früh persönlich überbracht werden!«

Der Ventilator surrte, schwenkte leicht von links nach rechts. Fred und Jo saßen bequem in ihren tiefen Sesseln und widmeten sich wieder behaglich ihrem Pastis. Vor heute Abend brauchten sie nicht mit der Arbeit zu beginnen – das Leben war schön!

Wie ein grober Störenfried ohne Manieren ging plötzlich der Summer los. Riton nahm den Apparat, auf seiner Stirn bildete sich eine jähe Unmutsfalte.

»Ich hab doch gesagt, dass ich nicht gestört werden will, verdammt noch mal!«

»Aber ja«, sagte die ruhige Stimme Ghislaines, »ich wollte Ihnen nur sagen, dass Frau Maine da ist!«

»Sagen Sie ihr, sie soll sich noch ein wenig gedulden!«

»Sie glauben doch wohl nicht, dass die auf mich hört!«, sagte Ghislaine leicht empört. »Sie ist schon im Treppenhaus!«

Riton Godot lief leicht rot an, doch war er intelligent genug, um sich nicht zu unnötigen Wutausbrüchen hinreißen zu lassen. Er hatte Maine gewollt, und er hatte sie bekommen: Jetzt war es zu spät für etwaige Bedenken.

»Ist gut!«, sagte er und legte auf.

Er drehte sich zu den beiden um.

»Meine Frau!«

Er wusste nicht, ob er stolz oder wütend sein sollte. Maine nahm sich zwar so einiges heraus; doch sie war zu sehr Dame von Welt, als dass man sie wie eine Normalsterbliche hätte behandeln und ihr starre Regeln hätte aufzwingen können. Man musste sie so nehmen, wie sie war; und dafür bekam man ja auch einiges geboten!

Er ließ es drei Mal schrill läuten, dann ging er äußerlich ruhig die Tür öffnen.

Fred und Jo hatten die Füße zum Sessel herangezogen, bereit, wie Gentlemen aufzuspringen, wenn die Dame das Zimmer betreten würde.

Maine trug ein schwarzgetüpfeltes gelbes Kleid, das ihre braungebrannten, drallen Arme frei ließ. Auf dem Kopf saß ein kleiner Glockenhut aus Stroh. Sie sah blendend aus, vielleicht ein klein wenig zu rundlich. Ihre reife, strahlende Gestalt zog unweigerlich die Blicke auf sich.

Fred und Jo waren aufgestanden und hatten die Gläser abgestellt. Maine hatte gerade ihre milde Phase und gab ihnen in leicht angeregter Stimmung ein Zeichen mit der Hand. Ritons Artilleristen kannte sie nur vage; sie war mit den Gedanken ganz woanders:

»Hier drinnen ist es angenehmer als draußen! Ich hoffe, ich stör euch nicht?«

»Wir waren grade fertig, Frau, äh –«

Fred wusste nicht so recht, welche Anrede die richtige war. Sollte man sie mit Frau Maine oder mit Frau Godot ansprechen? – Vor noch nicht allzu langer Zeit hatte sie jeder die Gräfin genannt. Ihre Zeit als Witwe war kurz gewesen.

Eine verdammt schöne Frau! – ›Mann, wie alt ist die wohl?‹, fragten sich die beiden Männer. ›Fünfunddreißig? Vierzig?‹ – Und dabei sah sie wie fünfundzwanzig aus! Das Alter hatte bei ihr kaum Spuren hinterlassen. Sie brauchte einem nur in das Blickfeld zu kommen, da hatte man schon Lust, ihr auf der Stelle die Kleider vom Leib zu reißen; und dabei – aber das machte das Ganze noch schlimmer – war es, wie jeder wusste, absolut angebracht, ihr den größtmöglichen Respekt zu zollen.

»Ich arbeite gerade mit diesen Herren«, sagte Riton mit einem tadelnden Unterton. »Gibts ein Problem?«

»Absolut nicht! Ich bin auf dem Weg zum Gare du Nord hier vorbeigekommen.«

Als Riton Gare du Nord hörte, zog er die Stirn in Falten, so angestrengt musste er nachdenken. Schließlich schien es klick zu machen; er brach allerdings nicht gerade in Freudenstürme aus.

»Ah ja? Wann musst du am Bahnhof sein?«

»Ich hab noch eine halbe Stunde. Kommst du mit?«

»Also –«

Riton schien alles andere als begeistert. Er zeigte auf Fred und Jo.

»Wir haben da noch eine Kleinigkeit zu besprechen –«

»Du musst ja nicht!«, erwiderte Maine gleichgültig.

Sie nahm ihren Strohhut ab, schüttelte ihr blondiertes Haar, holte sich ein Glas aus der rollenden Minibar und schenkte sich von dem eisgekühlten Wasser ein. Sie trank in kleinen Schlucken, lange, ohne ein Wort zu sagen.

»Godot, mein Lieber, wie du wieder schwitzt!«, bemerkte sie schließlich, ohne kränkend sein zu wollen.

»Ach!«, sagte er gereizt. »Ich arbeite eben! Hättest du dir nicht am Bahnhof einen Fruchtsaft bestellen können, anstatt hier die Dame von Welt zu spielen?«

»Ach, wie freundlich er ist!«, sagte sie. »Ich weiß doch, was ich an ihm habe: Einen richtigen Kavalier der alten Schule: Zuvorkommend! Höflich! Nicht nötig, ihn zu fragen, was los ist, er setzt einen immer gleich ins Bild!«

»Was geht dich das eigentlich an!«, sagte Godot.

Er nahm nun seinerseits einen Schluck Pastis und beruhigte sich.

»Es gibt Ärger mit der Paconibande. Ich hatte ihnen zwei Frauen an der Bar zugestanden. Gestern Abend waren es zehn! – Wie im Puff! Und dazu noch nicht mal besonders schöne! Die kamen direkt von der Goutte d›Or da oben! Die haben mir sogar die Kundschaft vom Land verschreckt! – Da ist mirs zu bunt geworden und ich hab sie alle vor die Tür gesetzt!«

»Gut gemacht!«, sagte Maine. »Am besten sind sowieso eigene Animierdamen mit Sozialversicherung und allem drum und dran. Das ist anständiger!«

»Ich hab gleich den beiden da telegraphiert«, sagte Godot und wies auf Fred und Jo. »Gestern Abend haben wir dank Inspektor Léger, der ganz dick mit Ghislaine befreundet ist und im Gastraum saß, der Sache ein Ende gemacht. – Die Korsen waren zwar mit der ganzen Mannschaft angerückt, haben sich aber verzogen, als sie ihn in einer Ecke sitzen sahen.«

»Weiß er Bescheid?«

»Ach was! Aber ich kann nicht jeden Abend den Inspektor herbestellen! Ich hab Paconi einen ausgegeben und von einem

Missverständnis gesprochen. – Doch Paco ist nicht dumm; er hat kapiert, dass er in dieser Gegend nichts mehr zu melden hat! Er hat mir gesagt, dass wir uns noch sprechen würden! – Begreifst du jetzt, was Sache ist?«

»Wie altmodisch!«, sagte Maine. »Methoden wie vor fünfzehn Jahren! Das ist ja zum Gotterbarmen!«

»Wenn du ne Ladung Kugeln in den Hintern bekommst, dann findest du das nicht mehr altmodisch! Ich bin einfach zu gutmütig! Dir sollte man mal ab und zu eine Tracht Prügel verabreichen wie den andern!«

Jo, der ein feines Gespür für so etwas hatte, merkte, dass Maine innerlich kochte. Er wollte die Situation entschärfen.

»Sie fahren also mit dem Zug weg?«

Die schöne Maine lächelte.

»Nein. Ich hol meine Tochter vom Bahnhof ab.«

»Wie rührend!«, sagte Godot. »Bis Madame hier ihren Arsch rausbewegt, werden wir uns ein ruhiges Eckchen zum Weiterarbeiten suchen – wir sind ja wohlerzogen. Im Keller, in der Toilette oder auf der Dachrinne! Was meint ihr, Jungs?«

Maine zuckte mit den Schultern.

»Godot, du bist ein Flegel! Als obs bei eurer Sache da auf fünf Minuten ankäme. Ich bin nun mal so, Godot, ich lass mich nicht gern in den Treppenverschlag abschieben. Aber ich hab mich ganz sicher noch nie jemandem aufgedrängt. Du willst mich nicht sehen? Also tschüs!«

Sie setzte wütend ihren Strohhut auf und ging zur Tür.

»Also, das gibts doch nicht!«, sagte Riton. »Zuerst bringt sie mich auf hundertachtzig, und am Ende geht sie beleidigt davon! Jetzt warte doch!«

Er wollte sie aufhalten, doch sie wich ihm aus und schlug die Tür zu.

»Das wars dann!«, stöhnte Godot. »Das ist keine Frau, sondern ein Naturereignis!«

Sein Fuß zuckte. Es war ihm anzusehen, wie gerne er jetzt ein paar Stufen hinuntergerannt wäre und ihr einen Arschtritt verpasst hätte. Doch Maine war nun einmal Maine; seine Meinung konnte man ihr zwar sagen, doch handgreiflich werden – undenkbar.

Fred und Jo enthielten sich geflissentlich jeglichen Kommentars und begannen wieder genüsslich an ihrem eisgekühlten Pastis zu nippen. In dem Moment begann das Telefon zu klingeln. Im Gegensatz zum Summer des internen Telefonnetzes schrillte es ohne Erbarmen.

Riton nahm wütend den Apparat.

»Ja, bitte?«

»Godot?«

Es war eine tiefe Männerstimme, die sehr kalt und fest klang. Riton erkannte sie sofort, und seine Gesichtzüge erstarrten. Um Zeit zu gewinnen, fragte er:

»Wer ist am Apparat?«

Der andere musste ihn ebenfalls erkannt haben.

»Godot«, sagte er, »das hättest du nicht machen sollen!«

»Was hab ich denn gemacht?«

»Du bist zu weit gegangen, Godot! Ich hab deinen Wachmann geschnappt und hatte mit ihm eben ein überaus interessantes Gespräch.«

Riton ballte die Faust. Dieser Trottel von Annibal hatte sich erwischen lassen.

»Versteh ich nicht!«, sagte er.

»Riton«, sagte die Stimme, »stell dich nicht blöder, als du bist! Es war ein Fehler von dir, so einen Idioten auf mich anzusetzen; doch es war ein noch größerer Fehler, deine hauseignen Killer zurückzuholen!«

Riton Godot war rot angelaufen, doch das war bei ihm weniger ein Zeichen von Angst oder Wut als die reflexartige Reaktion auf eine Gefahr; genau wie der Adrenalinstoß, der einen Tiger die Ohren anlegen und die Krallen ausfahren lässt. Seine Pupillen hatten sich verengt und seine Atmung ging flach. Er warf einen kurzen Blick hinter sich und versicherte sich, dass seine Männer da waren. Auf ein Zeichen kamen sie zu ihm her.

»Na sag mal!«, fing er betont gutmütig an. »Was erzählst du mir denn da für Geschichten, Paconi? Warst du grad im Kino?«

Die ausführliche Antwort, die Paconi gab, schien keinen Zweifel daran aufkommen zu lassen, wie genau er im Bilde war. Riton hörte ihm nur halb zu. Er hielt den Hörer mit seiner dicken Hand zu und, während er blitzschnell nachdachte, gab er mit zugekniffenen Augen seine Anweisungen.

»Fred! Geh runter in die Bar und schau dir mal die Gäste genauer an. Achte auf –«

Er verstummte auf einmal, war ganz Ohr. Was Paconi da am anderen Ende der Leitung sagte, schien plötzlich äußerst interessant zu sein. Eine Weile hörte er angespannt zu. Dann öffnete er den Mund, als wolle er antworten, besann sich aber und legte, ohne ein Wort zu sagen, einfach auf.

»Runter!«, ordnete er an.

Er selbst hechtete an das Fenster und warf einen Blick auf die Straße. Was er dort suchte, war anscheinend nicht da, denn er verzog enttäuscht das Gesicht.

»Jo, versuch Maine am Gare du Nord abzufangen! Sag ihr, sie soll mich anrufen. Und ob ihr das passt oder nicht, weich ihr nicht von den Fersen!«

II

Das Dach des Taxis war offen und die Scheiben heruntergelassen. Trotzdem ging von den Sitzen ein Gestank nach Fett aus, dass es einem fast übel wurde.

»Sie«, sagte Maine, als sie auf dem Gehsteig des G 7-Taxistands ausstieg, »fahren sicher öfters für eine Zoohandlung!«

»Nee«, antwortete der Fahrer, »meistens steh ich in der Warteschlange!«

Wenn jemand auch kein feines Näschen hat, kann er doch immer noch schlagfertig sein. Maine verkniff sich eine weitere Bemerkung, zahlte und betrat den Bahnhof.

Es war kaum etwas los; auch der Zug aus Boulogne-sur-Mer würde erst in einer knappen halben Stunde eintreffen. Bis dahin hatte sie nichts Besseres zu tun. Sie beschloss, sich in der chromblitzenden Bar neben der Sperre, wo Sandwiches mit Salat verkauft wurden, einen Fruchtsaft zu bestellen.

Sie wollte gerade die Tür aufstoßen, als sich eine Hand auf ihren Arm legte.

»Moment mal, bitte!«

Das wurde leise, aber bestimmt gesagt. Sie wandte sich um und sah zwei stämmige Männer mit Schlägervisagen, die in feinen Anzügen steckten. Sie traten selbstsicher auf, ihre Hände steckten nicht in den Jackentaschen.

»Frau Maine, immer schön uns nach! Anweisung von Riton!«

Es war durchaus möglich, dass Riton seine Männer schickte, um sie abzuholen. Doch Maine war alt genug, um zu wissen, dass das in dem Fall nicht so ablaufen würde! Kein unbekannter kleiner Aushilfsgangster würde es sich herausnehmen, Riton vor ihr anders als ›Herr Godot‹ zu nennen!

Zuerst wollte sie sich mit einem Scherz aus der Affäre ziehen, als sei sie nur eine ganz normale Bürgerin; doch die Gesichter der beiden sagten ihr gar nichts. Zwei kleine Korsen mit abweisenden Mienen, an denen jeder Scherz einfach abprallen würde: Die hielten sich streng an die Vorschriften! Sie waren gekommen, um sie mitzunehmen, das war klar!

Der, der sie festhielt, war ziemlich hässlich. Der andere war eigentlich ein schöner Mann, doch sein Hals war vernarbt, als hätte man auf ihm blaue Bohnen gesät.

Maine war keine zwanzig mehr, doch was ihr Reaktionsvermögen betraf, brauchte sie sich vor keinem noch so jungen Ding zu verstecken. Mit einem schnellen, heftigen Ruck befreite sie ihren Arm aus der Umklammerung und wollte dem eher Hässlichen die Tür in das Gesicht schlagen. Doch der Narbenhals packte sofort, ohne zu zögern, eisern zu.

»Aber, aber, Frau Maine!«

Er sprach übertrieben freundlich, doch sein Griff war unerbittlich. Maine fühlte, wie ihr Tränen in die Augen schossen, während die beiden Männer sie rechts und links am Arm packten und einfach hochhoben, geräuschlos, ohne Aufsehen zu erregen.

Sie wurde gekidnappt! Sie wollte »Nein!« schreien, doch eine Hand hatte sich schon auf ihren Mund gelegt, mit dem Daumen unter ihrem Kinn und der Handfläche unter ihrer Nase, damit sie nicht beißen konnte. Da waren Profis am Werk!

Sie hatte das dumpfe Gefühl, das einen überkommt, wenn man mit hundert Stundenkilometern aus einer Kurve geschleudert wird, und schloss die Augen, der Dinge harrend, die da noch kommen würden: Diesen ersten Streich hatte sie jedenfalls nicht kommen sehen!

Sie wurde gekidnappt, keine Frage! Sie konnte nicht einmal schreien, konnte sich kaum bewegen, so fest hatten sie die beiden im Griff! Sie dachte: ›Ich bin alt geworden!‹ und gab ausschließlich sich selbst die Schuld an ihrer misslichen Lage.

So kam sie nach etwa zehn Metern in die fast leere Abfahrtshalle, wo der nächste Schlag kam, aber anders als erwartet.

Sie hörte jemand mit eindeutig südfranzösischem Akzent: »He, ihr dort!" rufen, dann vernahm sie auch schon das dumpfe, hohle Geräusch von Faustschlägen! Jemand kam ihr zu Hilfe!

Zuerst sah sie nur einen Rücken und einen Schädel mit schütterem Haar. Sie dachte an Riton, der ›höchstpersönlich‹ den Retter spielte, was unvorhergesehen wäre, ihr aber schmeicheln würde. Ein flüchtiger Blick auf die Tweedjacke, die von mittelmäßiger Qualität war, genügte freilich, um ihr klar zu machen, dass es sich um einen Unbekannten handelte, der wahrscheinlich aus dem Metroschacht gekommen war.

Aber der Kerl schlug sich tapfer! Er hatte dem Narbenhals schon ganz schön was auf den Deckel gegeben und drosch mit gesenktem Kopf weiter auf ihn ein – wie ein wilder Stier!

Er hatte einen mächtigen Brustkorb und ließ seine kräftige Schultermuskulatur spielen. Sein Reaktionsvermögen war zwar alles andere als gut, doch wenn er mal einen Schlag untergebracht hatte, dann saß der auch!

Nach einem Schlag in den Magen schaute der Narbenhals so unglücklich drein wie ein Fisch auf dem Trockenen. Der kleine, eher Hässliche setzte seine Verteidigung gezielter ein, wich im richtigen Moment aus und versuchte, dem edlen Ritter Fußtritte in die Weichteile zu versetzen; doch, vorsichtig geworden, weil er dessen entfesselter Kraft zu nahe gekommen war, ging er zu sehr auf Distanz.

Da zog der Narbenhals ein Messer hervor. Er machte das ganz ruhig und sagte, wieder zu Atem gekommen:

»Hau ab, Fettsack!«

Der Fettsack hörte nicht auf ihn, schlug in das Leere, wie ein Mühlrad ohne Wasser. Maine bekam es mit der Angst zu tun.

»Vorsicht!«, schrie sie.

Einige Passanten waren stehengeblieben; fassungslos und unentschlossen standen sie da; lieber warteten sie den weiteren Verlauf der Schlägerei erst einmal ab, bevor sie irgendein Risiko eingingen. Wie der Chor in einer griechischen

Tragödie würden sie nur als Masse reagieren. Zu fünft oder zu sechst waren sie noch nicht handlungsfähig.

»Zu Hilfe!«, schrie Maine, um sie aus der Reserve zu locken.

Sie schrie nicht, weil sie Angst um sich selbst hatte; sie war frei und hätte die jetzt günstigere Lage ausnutzen und sich einfach verabschieden können. Sie schrie um Hilfe für den guten Kerl da, der drauf und dran war, sich um ihrer schönen Augen willen abstechen zu lassen. Da konnte man doch unmöglich einfach tatenlos zusehen!

»Zieh ab!«, fuhr der Narbenhals fort. »Kümmer dich um deinen eigenen Scheiß!«

Doch der gute Mann gab sich noch nicht geschlagen. Er war zwar außer Atem und schon ganz schön geschafft, ließ sich aber von dem Messer nicht abschrecken. Mit rotem Gesicht und fliegender Krawatte bot er seinen Widersachern die Stirn.

»Schämt ihr euch denn nicht?«

Ja, der Akzent verriet bei jedem Wort, das er sprach, ganz klar den Südfranzosen. Die anderen ließen sich davon nicht beeindrucken. Sie hatten sich wieder gefangen und rückten ihm mit bösem Blick immer näher auf die Pelle. Maine sah plötzlich auf dem bleichen Gesicht des Narbenhalses eine Entschlossenheit, die auch vor Mord nicht zurückschrecken würde. Er kam dem Mann langsam immer näher und fauchte:

»Du ziehst jetzt Leine!«

»Die bringen ihn noch um!«, schrie einer aus dem Chor, ohne sich von der Stelle zu rühren.

Hart bedrängt begann der Mann von neuem auszuteilen, kassierte aber, langsamer werdend, immer öfter Schläge ein. Alles deutete auf das nahe Ende der Treibjagd hin.

›Armes Schwein!‹, dachte Maine traurig. ›Höchste Zeit, mich davonzumachen! Trotzdem danke, armer Trottel!‹

Sie drehte sich um und sah auf einmal, wie Jo den Bahnhof betrat. Er trug seine leicht trotzige Miene zur Schau und kam, seine rechte Hand unter die linke Jackettseite geschoben, ruhig auf sie zu.

Vier Meter vor ihnen blieb er stehen und schnauzte sie an:

»Na! Ihr da!«

Zuerst drehte sich der kleine Hässliche um, dann der Mann mit dem Messer. Jo war offensichtlich kein Unbekannter, denn die zwei Männer schienen ihn auf Anhieb zu erkennen. Ihre Züge erstarrten in einem gezwungenen Lächeln und sie wurden auf einen Schlag weniger aggressiv.

»Hallo, Jo!«, sagte der Narbenhals und klappte sein Messer zusammen.

»Geht ihr schon?«, fragte Jo sehr höflich, die Hand immer noch auf Herzhöhe.

»Was sein muss, muss sein!«, sagte der kleine Hässliche. »Wir werden zu Hause erwartet.«

Sie traten zum geordneten Rückzug an, wirkten gar nicht mehr bedrohlich; ihre Augen waren auf Jo gerichtet, der seine Hand immer noch unter dem Jackett hielt. Sie waren sofort höflich.

»Also tschüs, Jo! Bis bald!«

Sie wirkten wie ehemals gute Bekannte, deren Verhältnis sich im Lauf der Zeit wohl etwas abgekühlt hatte. Sie zogen sich zurück.

»Die haben sich an der Frau da vergriffen!«, empörte sich der Retter ganz außer Atem.

»Ja!«, antwortete der Chor. »Wir müssen die Polizei holen!«

Jo streifte die feigen Memmen nur mit einem kalten Blick. Draußen hörte man die Tür eines Wagens zuschlagen. – Er fasste Maine respektvoll am Arm.

»Kommen Sie hier lang, Frau Maine!«

»Warten Sie, Jo!«, sagte sie. »Ich will mich schon noch bei dem Herrn da bedanken.«

Der Herr sah sie an, ein Lächeln zeichnete sich in seinem roten, von den Schlägen mitgenommenen Gesicht.

»Grüß dich, Angèle!«

Maine zuckte zusammen.

»Aber das ist doch – ! Bist du das, Félix?«

»Aber ja!«, sagte der Mann. »Hab ich mich so verändert?«

Maine sah ihn an, ohne ein Wort zu sagen. Jahre war das schon her, Jahre – sie verzichtete darauf, nachzuzählen.

»Du hast dich jedenfalls gut gehalten«, sagte Félix ruhig. »Ehrlich, du bist immer noch zum Anbeißen, wie mit zwanzig!«

»So was!«, sagte sie endlich.

Ihr Gesicht hellte sich auf. Sie öffnete ihre Arme.

»Félix, komm, geben wir uns ein Küsschen!«

Das taten sie dann auch – ein rührender Anblick, die beiden. Jo sah seine Chefin ein ganz klein wenig vorwurfsvoll an.

»Frau Maine, Herr Godot hat noch gesagt, dass Sie sich mit ihm kurzschließen sollen.«

»Ach, der!«, sagte Maine wütend. »Was sollte denn dieser hinterhältige Angriff eben? Was wollten die von mir, diese zwei halben Portionen?«

»Das ist die Paconibande«, sagte Jo. »Die könnten uns noch übel mitspielen! Ich soll sie nicht allein lassen, Frau Maine; Herr Godot hat das befohlen.«

Maine runzelte die Stirn und seufzte. Dann wischte sie die Probleme mit einer Handbewegung beiseite und wurde wieder ganz die freundliche, mondäne Frau.

»Mein erster Mann«, sagte sie und zeigte auf Félix. »Der Vater meiner Tochter.«

Jo reichte ihm die Hand.

»Sehr erfreut! Und was machen Sie?«

»Bahnpostwagen!«, sagte Félix.

Jo stieß einen bewundernden Pfiff aus.

»Das gibts heute kaum noch, aber wenn, dann fällt da ganz schön was dabei ab!«

Maine verdrehte die Augen.

»Aber nein, Jo! Félix arbeitet *wirklich* in einem Bahnpostwagen, als Beamter bei der Bahnpost.«

Die Bewunderung wich aus Jos Miene, dafür wurde er herzlicher.

»Auch gut!«, sagte er. »So Leute braucht man auch!«

Es war jetzt fünf Uhr zwanzig; der Zug würde in einer knappen Viertelstunde eintreffen. Sehr wenig Zeit, um sich einem Verflossenen wieder anzunähern.

»So was!«, sagte Maine. »Ich hab geglaubt, du würdest nie weiter in den Norden kommen als bis Avignon. Ich hätt nicht gedacht, dass ich dich hier treffe.«

»Gestern Abend hab ich das auch noch nicht gewusst. Ich hab mich spontan entschlossen.«

»Wolltest du die Kleine früher sehen?«

»Ja«, sagte Félix. »Dich auch, ich wollte zu dir.«

Maine schwieg eine Weile: Der gute Félix! Er hielt sich zwar noch ganz gut, war aber kleiner und breiter geworden – das Alter war nicht spurlos an ihm vorübergegangen! Unwillkürlich betrachtete sie ihr Spiegelbild in einer Scheibe, sah eine noch sehr schöne Frau und war beruhigt.

»Wir könnten zusammen Abend essen«, schlug sie vor. »Ich hoffe nur, dass du mir Colette acht Tage lässt, wie ausgemacht?«

»Klar, keine Änderung im Plan«, beruhigte er sie. »Aber vielleicht werd auch ich acht Tage in Paris bleiben.«

»Urlaub?«

Er betrachtete sich seinerseits in der Scheibe der Auslage und verzog das Gesicht, als er einen Blutfleck im Mundwinkel bemerkte.

»Ich hab gesagt: Vielleicht!«

In seiner Stimme lag ein mysteriöser Unterton; Maine glaubte zu verstehen, dass er vor Jo nicht mit der ganzen Wahrheit herausrücken wollte. – Mit ihrem Taschentuch wischte sie ihm die Unterlippe ab und wandte sich dann an den Mann mit dem ungemein praktischen Jackett.

»Jo, könnten Sie mir nicht Ihren Schutz aus einer etwas größeren Entfernung angedeihen lassen?«

»Klar, Frau Maine«, sagte Jo mit einem vorwurfsvollen Unterton in der Stimme. »Aber vergessen Sie nicht, Herrn Godot anzurufen!«

»Nichts da!«, schnitt sie ihm grollend das Wort ab. »Ich hab diesem Flegel nichts zu sagen! Richten Sie ihm das bloß aus!«

»Das wird ihm aber nicht recht sein, Frau Maine!«

»Mir schnurzegal! Wenn ich im Kreis meiner Familie bin, will ich nicht gestört werden! Merken Sie sich das, Jo!«

»Sie haben ja gesehen, was passiert ist«, erwiderte Jo ernst. »Da nicht wir die Attacke gestartet haben, können wir nicht wissen, was als nächstes kommt!«

»Ja«, sagte sie zornig. »Als ich noch mit dem Grafen zusammen war, hätte sich niemand erlaubt, mich dermaßen respektlos zu behandeln! Im Zwergenreich sind die Halbstarken König!«

»Sie sind ganz schön hart, Frau Maine«, schloss Jo das Gespräch. »Herr Riton hat sein letztes Wort noch nicht gesprochen!«

Wie ein geprügelter Hund ging er zum Telefon.

»Jedenfalls«, sagte Félix, »ist der junge Mann gerade rechtzeitig gekommen. Wo bist du da nur reingeraten, meine arme Angèle!«

Sie setzten sich an einen Tisch mit schwarzer Plastikplatte und bestellten zwei Bier. Der Vorname Angèle schien in Maine Rührung auszulösen.

»Ah, Félix! – Das sind fast zwanzig Jahre meines Lebens, die du einfach so wegwischst! – Angèle! – Das ist so, als wäre ich wieder ein kleines Mädchen, verstehst du. Niemand hat mich seither so genannt.«

Félix sah sie mit unverhohlener Bewunderung an.

»Ich hab ab und zu ein Foto von dir in der Zeitung gesehen. Aber, verdammt noch mal, du siehst noch besser aus als auf den Fotos!«

»Weiß Colette, dass du in Paris bist?«

»Nein. Ich hoffe, sie freut sich.«

»Ich hab sie seit Weihnachten nicht mehr gesehen. Hat sie sich verändert?«

»Du wirst schon sehen! Sie sieht genauso aus wie du mit siebzehn!«

»Hoffentlich nimmt sie sich kein Beispiel an ihrer Mutter«, sagte Maine mit einem Anflug von Strenge. »Hast du sie zum Katechismus geschickt?«

»Das entspricht nicht meinen Überzeugungen«, antwortete Félix.

»Trotzdem«, sagte Maine, »das würde ihr jedenfalls auch nicht schaden!«

Sie mussten beide lachen; sie fasste ihn am Arm.

»Du hast mir da so einiges an Ärger erspart, Félix. Du bist immer noch ein guter Kerl. Danke.«

Er zog seine Hand zurück und verzog das Gesicht, als hätte man ihm einen Stich versetzt.

»Oh, nein, Angèle! Komm mir bloß nicht damit! Mein Leben lang hab ich nichts andres gehört, als dass ich ein guter Kerl bin, ein guter Familienvater, ein guter Bürger, ein guter Trottel – Nein, nein! Hurenzeug! Glaub mir, damit ist jetzt Schluss! Das sanfte Schaf ist tollwütig geworden! Und deshalb bin ich nach Paris gekommen!«

Ihm wurde bewusst, dass er ganz zornig geworden war, hielt abrupt inne, entschuldigte sich.

»Ich sag das natürlich nicht wegen dir, Angèle!«

»Was?«, fragte sie, »Hurenzeug?«

Sie brachen erneut in Lachen aus. Fünfzehn Jahre waren wie weggeblasen.

III

Als der Zug in den Bahnhof einfuhr, beugte sich Colette aus dem Fenster der Wagentür.

Der Bahnsteig machte einen ganz verlassenen Eindruck und sie fragte sich schon, ob denn ihre werte Frau Mutter es für nötig befunden hätte herzukommen, als sie die kleine Gruppe in der Nähe der Sperren sah: ihr Vater, ihre Mutter und ein kleiner Blonder, den sie nicht kannte, der wohl der neue »Typ ihrer Mutter« war.

Ihre Mutter aber auch! Jedes Mal wenn sie sie wieder sah, war es dasselbe: In ihr stieg ein tiefempfundenes Gefühl der Bewunderung für diese Frau mit ihrem ganz unglaublichen Schicksal hoch, die gepaart war mit der erbarmungslosen Kritik eines Backfischs. Das übliche Ergebnis war ein gegenseitiges Anschweigen, eisige Stimmung und der Eindruck von sorgfältig gepflegter Langeweile – trotz des Besuchs angesagter Veranstaltungen, zu denen Maine ihre Tochter immer mitnahm.

Aber was wollte denn ihr Vater hier? Colette nahm ihm fast übel, dass er auch gekommen war, wie einem Tollpatsch, der aus Versehen das Salz in den Zuckerstreuer geschüttet hat. Wenn sie mit ihrem Vater zusammen war, verhielt sie sich ganz anders, als wenn sie mit ihrer Mutter zusammen war; mit beiden – das konnte nur in die Katastrophe führen.

Sie winkte mit dem Arm, damit sie sie sahen; schon winkte Papa Félix zurück. Ihre Mutter fiel erst mit zwei Sekunden Verspätung ein, aber die war ja bekanntermaßen kurzsichtig.

Und schon gab es im beißenden Rauch Küsschen auf die Wangen: Bemerkungen zu Temperaturkurven, über das schöne Wetter über dem Ärmelkanal und das Hochdruckgebiet vor den Azoren flogen hin und her.

Ein Gepäckträger kümmerte sich um die Koffer. Herr Jo, der etwas abseits stand, kümmerte sich um gar nichts. Ja, er war ihr nicht einmal vorgestellt worden. Er folgte ihnen einfach so als sie zum Ausgang gingen. Er war ruhig. Er schaute nach rechts und nach links in die Menge; eine Hand hatte er lässig in der Jacketttasche. Das da war also »der Typ ihrer Mutter«; viel her gab der allerdings nicht!

Während sie in das Taxi stiegen, blieb Jo immer in der Nähe, fuhr aber nicht mit ihnen. Colette konnte es sich nicht verkneifen zu fragen:

»Wer war das denn, der junge Mann, der uns gefolgt ist?«

»Ich hoffe, der folgt uns noch immer«, sagte Maine. »Das ist – äh – mein Sekretär.«

Colette drehte sich um und sah einen offenen Sportwagen mit dem ruhigen Blonden am Steuer, der ihnen in nur fünfzig Zentimetern Abstand folgte.

Fast wäre sie damit herausgeplatzt, dass sie lieber in dem Sportwagen gefahren wäre, anstatt sich in einem alten Taxi durch die Gegend kutschieren zu lassen; aber vermutlich war das Coupé ihrer Mutter einfach nur in der Garage geblieben, weil es nur zwei Plätze hatte.

Sie war in Paris! Die mit immer neuen Überraschungen verbundenen Besuche bei ihrer Mutter begeisterten sie jedes Mal aufs Neue. Sie sah ihren Vater an, der etwas zusammengesunken dasaß und seine Zähne und seinen Hinterkopf befühlte, ganz das Landei. Dann sah sie zu ihrer Mutter hinüber: Die hatte einfach Klasse! Wie jung sie aussah! – Was für ein Glück sie doch hatte, neben einem so guten, aber farblosen Vater eine zwar nicht gerade lammfromme, aber toll aussehende Mutter zu haben! Ihr armer Vater! Er hielt den Vergleich wirklich nicht aus!

Als sie in der Rue de Bassano ankamen, folgte ihnen der Sportwagen immer noch auf den Fersen. Und als ihr Wagen zum Stehen kam, war Jo schon ausgestiegen und patrouillierte vor der Tür des Gebäudes.

Er machte keinerlei Anstalten, beim Gepäck mit anzupacken, sondern überließ die beiden Koffer Félix.

Als alle soweit waren, ging er als erster hinein. Er warf einen gelangweilten Blick hinter die Türflügel und in den Aufzug, überließ diesen dann aber, vermutlich aus Höflichkeit, den anderen und ging leichten Schritts die Treppe hoch.

Als sie im dritten Stock ausstiegen, lehnte er im Türrahmen und ließ seinen Blick nach oben in das Treppenhaus schweifen.

Colette, die nicht hochnäsig erscheinen wollte, lächelte dem Sekretär ihrer Mutter zu; dieser schien sie aber nicht wahrzunehmen.

Maine schloss auf. Jo ging ohne Umstände als erster in die Wohnung, machte mehrere Türen auf und sah einfach überall nach, so als ob man vergessen hätte, das Gas abzudrehen. Dann ging er in das Wohnzimmer und ließ sich zufrieden auf einem Sofa nieder. Als er das Telefon sah, schien ihm plötzlich etwas einzufallen; er zog es zu sich herüber und wählte.

Maine nahm ihren Strohhut ab und warf ihn auf das Sofa; dann ging sie etwas ungeduldig auf ihn zu.

»Sie rufen wohl ihre Freundin an?«

»Herrn Godot, Frau Maine!«, erwiderte Jo ernsthaft.

Sie nahm ihm den Apparat aus der Hand und legte auf.

»Ich bin hier zu Hause, Kleiner, und nicht einmal Herr Godot telefoniert hier ohne meine vorherige Erlaubnis. Da gibts kein Wenn und Aber! – Sie haben uns unauffällig und erfolgreich eskortiert, aber jetzt ist das nicht mehr nötig. Ich danke Ihnen also. Wenn Sie telefonieren wollen: Dafür gibt es, soviel ich weiß, eine Bar auf der gegenüberliegenden Straßenseite.

»Gut, Frau Maine«, lenkte Jo ein. »Wenn ich zurück bin, klingle ich zweimal hintereinander drei Mal!«

Worauf er mit einem kleinen Antippen der Hutkrempe das Zimmer verließ.

»Das ist ja ein Witzbold«, Colette war sichtlich amüsiert. »Als ob er in geheimer Mission unterwegs wäre!«

»So was ähnliches, ja«, entgegnete Maine.

Colette kannte die Wohnung, aber Félix war zum ersten Mal hier. Er schaute sich um; hin und wieder war ein anerkennendes Pfeifen oder ein bewunderndes »Menschenskind!« von ihm zu hören.

»Mensch! Das ist wirklich vornehmer als bei uns, was Kleines?«

Colette nahm es ihm übel, dass er seiner Bewunderung so freien Lauf ließ. Das hätte er besser nicht tun sollen! – Er passte einfach nicht hierher!

»Ach, ich kenn das schon alles!«, sagte sie gelangweilt.

»Und nichts scheint ihr gut genug zu sein!«, fügte Maine ohne jeden Ärger an. »Wir haben eine sehr hochnäsige Tochter, Félix! – Komm, Mäuschen, erzähl uns lieber, wie dir England gefallen hat.«

Ohne eine Antwort abzuwarten, war Maine in die Küche gegangen, und inspizierte dort gründlich den Kühlschrank; sie hatte die Tür offen gelassen:

»Ich hab noch Milch, hab aber vergessen, Gebäck zu kaufen. Ich ruf kurz an, und lass uns was bringen.«

»Von der Konditorei?«, fragte Colette. »Ich weiß, wo das ist. Ich geh selber.«

Eine gute Idee! Umso mehr als ihre Eltern ausführlich in Erinnerungen schwelgen wollten! Maine hatte Wasser aufgesetzt. Félix war zu ihr in die weißlackierte chromblitzende Küche gekommen. Er schaute sich beeindruckt um.

»Du bist aber wirklich toll ausgestattet!«

»Das ist eben bequem«, entgegnete sie. »So brauch ich nur eine Putzfrau. Die kommt morgens – dann ist alles erledigt. Du kannst dir gar nicht vorstellen, wie bürgerlich ich geworden bin!«

»Das steht dir aber!«, sagte er und schaute sie mit begehrlichen Blicken an.

Maine sah seinen Blick im Spiegel. – Der gute Félix! Er war deutlich dicker geworden und sah ganz so aus wie jemand, der sich kaum was Gutes leistete. Wie lange war es doch schon her, dass sie ineinander verliebt waren! – ›Wenn er aufdringlich wird, weise ich ihn in die Schranken!‹

Der Blick von Félix glitt über ihre Oberschenkel und blieb auf dem fülligen Hinterteil ruhen. – ›Ich bind mir eine Plastikschürze um‹, sagte sie sich, ›das bringt ihn vielleicht auf andere Gedanken!‹

Sie suchte jetzt etwas im Schrank.

»Hör mal«, sagte Félix mit einem seltsamen Ton in der Stimme. »Solange wir beide allein sind, will ich dich was fragen.«

»Ja?«

Sie zog sich ein neckisches kleines Schürzchen an, das nach Wachstuch roch.

»Das kann ich nur dich fragen«, fuhr Félix fort. »Ist es wahr, dass es Typen gibt, die jemand für eine Handvoll Scheine umlegen?«

Maine betrachtete ihn aus den Augenwinkeln. Putzig, dieser Félix! Er trat wie bei Prüfungsangst, oder wie wenn man dringend auf die Toilette muss, von einem Bein auf das andere.

»Was genau willst du wissen?«

»Na ja«, fuhr Félix fort. »Man sagt, sie sollen jemand umlegen, und sie tun das dann! Killer halt! – Kommt sowas nur in Filmen vor? Oder gibts das wirklich?«

»Das gibts wirklich!«, bestätigte Maine. »Und es ist dir vielleicht schon mal einer über den Weg gelaufen, ohne dass du's gemerkt hast!«

Sie war drauf und dran mit Jo zu kommen, hielt sich dann aber doch zurück. Félix war immer noch ganz aufgeregt.

»Und – der Kleine da, der eben noch hier war: Ist der etwa …?«

»Da fragst du mich zu viel«, sagte Maine. »Ich führ ein eher zurückgezogenes Leben.«

»Wirklich?«, in seiner Stimme lag Zweifel. »Aber, wär es denn teuer, wenn –«

Er wagte es nicht, den Satz zu Ende zu führen.

»Keine Ahnung«, sagte Maine und schaute ihn an. »Vermutlich sehr teuer! – Hast du Ärger mit jemandem?«

»Sechzigtausend«, fuhr Félix fort. »Soviel kann ich für mein Motorrad kriegen. Glaubst du, das würde reichen?«

Er war sehr blass, aber er machte nicht den Eindruck, als wüsste er nicht, was er sagte! Er meinte es bitterernst!

»Nein!«, sagte Maine. »Lass uns doch lieber von was andrem reden, Félix!«

»Viel mehr?«, ließ er nicht locker.

»Ja!«, entgegnete sie. »Behalt dein Motorrad, und denk an was andres! Das ist ein guter Rat, glaub mir! Wenn man mal in so was verwickelt ist, kommt man da nie mehr raus!«

»Na ja«, fuhr Félix fort, »ich könnte die Sache natürlich auch ganz allein in die Hand nehmen, aber dazu bräucht ich wenigstens eine gute Knarre! Wenn ich meinen Dienstrevolver nehme, haben sie mich am ersten Tag der Untersuchung!«

Ärgerlich schlug Maine die Arme übereinander.

»Das ist nun also der Vater meiner Tochter! Ein Mörder in Wartestellung!«

»Genau«, sagte er. »Gerade wegen Colette wäre es besser, wenn das Ganze ohne größeres Aufsehen verläuft. Deshalb hatte ich auch daran gedacht, jemand darauf anzusetzen!«

Das Wasser kochte. Maine tat Tee in die Kanne und goss langsam auf.

»Deshalb also bist du zum ersten Mal in fünfzehn Jahren hier hochgekommen, um mich zu besuchen!«, sagte sie mit vorwurfsvollem Ton in der Stimme. »Damit ich dir einen Killer zum Sonderpreis vermittle! – Das macht mich ganz traurig! Dabei ist dein Leben doch in geregelten Bahnen!«

»Dann verlass ich jetzt eben diese Bahnen!«, sagte Félix ruhig. »Statt Amboss will ich jetzt Hammer sein! Ich hab begriffen, wo's lang geht!«

Maine betrachtete ihn kopfschüttelnd.

»In deinem Alter fängt man nichts Neues mehr an, glaub mir, Félix! Was für ein Ding willst du denn drehen? Einen Postraub? Aber weißt du denn nicht, du armer Irrer, dass du wie ein aufgeschlagenes Buch für die bist! Und solltest du dir dann eine Extraportion in der Postkantine leisten, wärst du geliefert!«

Sie stellte die Teekanne auf das Servierbrett und holte die Tassen heraus. Mit einem etwas anderen Ton in der Stimme fuhr sie dann fort:

»Wenn es sich wenigstens lohnen würde!«

»Du bist immer noch die Alte!«, sagte Félix. »Du weißt immer alles besser! Konnte dein Typ denn damit umgehen?«

»Lass den Toten ihre Ruhe!«, entgegnete Maine ernst. »So lang René Le Comte gelebt hat, hätte mir niemand auch nur ein Haar gekrümmt!«

Es läutete zweimal hintereinander je dreimal.

»Das muss Colette sein!«, sagte Maine. »Mach ihr auf!«

Félix ging langsam zur Tür; im Vorraum brannte noch das Licht. Er öffnete und sah sich dem wütenden Godot gegenüber.

»Was für eine Unvorsichtigkeit! Wo ist Maine?«

»Was wollen Sie von ihr?«, fragte Félix ohne sich von der Stelle zu rühren.

Godot betrachtete ihn.

»Bist du das, der Verflossene? Und? Ist es wahr, dass sie dir am Gare du Nord eine Abreibung verpasst haben?«

Und da Félix sich immer noch nicht von der Stelle rührte, fuhr er fort:

»Ich bin Godot! Guten Tag!«

»Komm rein!«, rief Maine von drinnen. »Schrei nicht so im Treppenhaus rum!«

Er trat ein, überließ es Félix, die Tür zu schließen, und ging wütend auf Maine los.

»Du bist wohl übergeschnappt, Maine, was? – Glücklicherweise hab ich deine Kleine an der Tür getroffen! Ich hab Jo zu ihrer Begleitung abgestellt!«

»Was ist denn los? Sind die etwa schon da?«

»Die werden nicht lange auf sich warten lassen! Du hast gesehen, was am Bahnhof passiert ist! Was braucht es noch alles, damit du begreifst?«

»Wenn René noch leben würde«, sagte Main kühl, »dann wären die schon lang abserviert!«

»Das fehlte noch!«, schrie Godot. »Alle Frauen sind doch gleich! Wenn der Mann einmal tot ist, merken Sie, dass es der beste Mann der Welt war!«

Als er die Tassen und die Teekanne sah, schlug er die Augen zur Decke:

Das konnte er jetzt gerade brauchen! Er drehte sich zu Félix um:

»Hör mal, Vati! Vielleicht lernen wir uns in Zukunft ja mal kennen! Heute ist aber dazu nicht der passende Anlass! Ich hab nicht genügend Männer, um sämtliche Familienmitglieder zu schützen. Das Beste wär, die Kleine nach Nizza zu schicken, so lang die sie noch nicht aufgetan haben!«

Er ging zum Telefon.

»Ich werd versuchen, zwei Plätze im Liegewagen für euch zu bekommen.«

»Nichts da!«, stoppte ihn Maine. »Die Geschichte mit Paco, das ist deine Sache!«

»Deine auch!«

»Nein! Ich möchte nichts mehr davon hören! Und was die Plätze im Liegewagen angeht: Besorg lieber zwei Fensterplätze in der Leichenhalle, für die beiden Halbstarken, die es gewagt haben, die Hand nach mir zu erheben! Als René noch lebte, das schwör ich dir, wär das nicht so lange gegangen!«

Riton Godot lief rot an.

»Hast du immer noch nicht genug! – Aber, Himmelherrgott, das Ganze dauert noch länger, so lang ich einen Mann für deine Frau Tochter abstellen muss!«

»Ich hab dich nicht drum gebeten!«

Aus Godot schien es jetzt nur so herauszusprudeln. Der Schweiß brach ihm aus. Er riss eine Tasse vom Tisch, als ob er sie gleich zu Boden schmettern würde. – Zu spät! Er hatte sie schon in seiner Pranke zerbrochen! – Ganz blau vor Wut schnaubte er:

»Teestunde! – Jetzt hat sichs ausgeteet! – Kaffeekränzchen!

– Du Flittchen! Soweit bist Du gesunken! Zu mehr reichts bei dir nicht mehr?«

Er schmiss die Scherben wütend auf den Tisch, ohne auch nur zu bemerken, dass er sich geschnitten hatte und blutete.

»Du alte Vettel! Wochen-, nein jahrelang lässt du dir nur noch deinen Arsch vom Masseur durchkneten und dann willst du dich in Männersachen einmischen!«

»Kümmer dich um deinen eigenen Arsch und steck erst mal den Kopf unter den Wasserhahn«, sagte Maine kalt. »Du bist wahrhaftig kein schöner Anblick!«

Félix glaubte schon, es werde zu handgreiflichen Auseinandersetzungen kommen. Unauffällig hatte er sich hinter einem Louis-Seize-Stuhl verschanzt, um sich notfalls damit verteidigen zu können, falls Godot ausrasten sollte. Bei dem aber flaute die Wut ebenso schnell wieder ab, wie sie gekommen war. Er griff in die Hosentasche und zog – nein, nicht eine Kanone, sondern ein Taschentuch hervor, mit dem er sich gründlich den Schweiß abtupfte.

»Ein Glas Wasser«, befahl er. »Du schaffst es immer wieder, mich auf hundertachtzig zu bringen!«

Er knöpfte sein Hemd auf und wischte sich den Schweiß ab, während er mit großen Schritten durch das Zimmer ging. Er blieb mit immer noch blutunterlaufenen Augen vor Félix stehen.

»Du kennst sie ja auch! – Eine schreckliche Person!«

Maine kam, frisch und guter Dinge, mit einer Karaffe und einem Glas in der Hand zurück.

»Mein armer Godot, wie du schwitzt!«

»Jetzt reichts!«, bellte er. »Fang nicht schon wieder damit an! Oder hat René, dieses Idealbild eines Mannes, etwa nie geschwitzt?«

Als er, Zug um Zug, zwei große Gläser Wasser hinunterkippte, bemerkte er erst, dass er sich in die Hand geschnitten hatte. Ganz in Gedanken wischte er sich die paar Tropfen Blut mit seinem Taschentuch ab. Ein wildentschlossenes Lächeln spielte um seine Lippen.

»Geliebte Maine, dein ewiges Gequatsche von René steht mir bis da! Ich wollte dir eigentlich nie Kummer wegen des lieben großen Verflossenen bereiten, aber jetzt will ich dir doch mal sagen, dass ich ihn für einen Idioten gehalten habe! – Was hat es ihm denn genützt, den starken Max zu markieren? Sein halbes Leben war er auf der Flucht! Und jetzt haben sich in ihm mehr Maden breitgemacht, als in einem Käse, der zu lange gelegen hat!«

Mit einem teuflischen Lächeln ging er auf sie zu.

»Ich dagegen, Kleines, ich bin am Leben! Mir geht es bestens! Meine Geschäfte sind noch nie so gut gegangen! Und die Polizeibeamten grüßen mich, jawoll!«

Er gab Maine einen Klaps auf den Po.

»Und ich vögle die Frau des Superbosses!«

Nur einen Moment hatte es den Anschein, als würde Maine die Fassung verlieren; dann fing sie sich wieder.

»Bis mich dann Paconi vögelt«, sagte sie spitz.

»Der«, sagte Riton im Brustton der Überzeugung, »der wird den nächsten Tag nicht überleben!«

»Das erste vernünftige Wort!«

»Vorher wird er nämlich von der Polente erledigt«, führte Riton seinen Gedanken zu Ende.

Maine war sichtlich erschüttert.

»Ach ja? Weil du nämlich...?«

»Darüber lass ich mir gerade graue Haare wachsen!«, sagte Riton. »Kein Boss kommt gegen Killer in Regierungsauftrag an! Wenn ich es schon zu was gebracht habe, dann mach ich mir das auch zu Nutze!«

»Ach so! Der Herr führt seine Aufträge nicht mehr selbst aus! Vom Spitzenboss zum Spitzel – auch ganz nett!«

Félix schaute ihnen interessiert zu; es war wie im Theater. Strengten sie sich etwa extra seinetwegen an?

Um nicht zu stören, hatte er sich an das Fenster, das auf die Straße ging, zurückgezogen. Von oben konnte man die Autos, die am Gehsteig geparkt waren, sehen. Es fuhren auch ein paar Wagen auf der Chaussee, aber der wirkliche

Verkehrslärm drang von weiter herüber, von den Champs-Elysées.

»Schluss jetzt mit den Jugendsünden!«, brüllte Riton hinter ihm. »Wenn ich jetzt Rückstände einzutreiben habe, dann schicke ich den Gerichtsvollzieher. Und wenn man Streit mit mir sucht, dann wähle ich die 17!«

Dort unten konnte Félix sehen, wie Colette mit einer Tüte in der Hand in angeregtem Gespräch mit Jo aus Richtung Avenue Marceau kam. Da die Autos gerade an der Ampel hielten, überquerten sie gleich auf dem Fußgängerübergang die Straße.

Da hielt Jo mitten auf der Straße plötzlich an. Er packte Colette am Arm und zog sie an sich heran.

›Komisch, dass er sie gerade da anmachen will!‹, dachte ihr Vater noch: Da machten sie auch schon kehrt! Im Nu waren Sie wieder auf der anderen Straßenseite und bogen auch schon um die Ecke.

Félix erschrak. Alles schien doch ganz still!

Er lehnte sich etwas weiter hinaus: Da sah er die schwarze Limousine, die zehn Meter entfernt hielt. Hinter der Windschutzscheibe hatten sich die beiden Insassen nach vorne gebeugt und sahen zu ihm herauf.

IV

»Aber was ist denn los?«, fragte Colette. »Haben wir etwa was vergessen?«

Jo zog sie schnell hinter sich her. Er schien nicht zu großartigen Erklärungen aufgelegt. Er wandte sich manchmal um; seine rechte Hand hielt er krampfhaft unter seiner linken Sakkohälfte verborgen.

Schon wollte er in den Eingang eines Gebäudes biegen, als er zwanzig Meter weiter den Laden sah.

»Wir gehen zur Konditorei!«

Colette, die sich schon gefragt hatte, ob es Grund zur Beunruhigung gebe, schien beruhigt. Die beiden Verkäuferinnen blickten erschrocken auf, als sie in den Laden stürmten.

»Gibt's hier ein Telefon?«

»Dort«, riefen die beiden Frauen in ihren schwarzen Kleidchen wie aus einem Munde und zeigten zur Kasse.

»Das Telefonbuch! Schnell!«, kam es von Jo.

Er hatte diesen entschlossenen Gesichtsausdruck, der keinen Widerspruch duldete. Die dümmere der beiden wiederholte mit einem dämlichen Gesichtsausdruck »Das Telefonbuch!«, während die andere in das Hinterzimmer rannte.

»Ein dringender Anruf!«, sagte Jo zu Colette. »Wenn Sie Lust haben, können Sie sich noch ein Eis gönnen.«

Er riss der Verkäuferin das Telefonbuch aus der Hand und begann auf der Kante der Theke wie wild darin zu blättern.

Mit dem kleinen Finger wählte er schnell die Nummer; während er auf die Verbindung wartete, machte er eine beruhigende Handbewegung zu Colette hinüber, die sich an einen Tisch gesetzt hatte.

Interessiert schaute sie zu ihm herüber. Jo beugte sich ein wenig vor und legte seine Hand an den Hörer. Alles ging schnell und geheimnisvoll vor sich; da aber keine Kunden im Laden waren, waren einige Worte doch zu hören.

»Frau Maine? – Ist Herr Riton bei Ihnen? – Sagen Sie ihm, er soll aufpassen! Unten warten welche! – Hier Jo, Herr Godot ...«

Es folgten ein paar unverständliche Worte, da Jo geradezu in den Hörer flüsterte, dann hörte Colette von der Kleinen und der Konditorei sprechen. – Noch ein kurzes unverständliches Flüstern und ein kurzer Moment des Zuhörens, dann legte Jo auf.

Er hob den Kopf. Seine Augen hatten einen seltsamen Ausdruck, sehr blau, sehr rein. Fast traumwandlerisch schritt er voran. Einen Augenblick lang fand Colette ihn schön. Er gelangte, als ob es die Welt um ihn herum nicht gäbe, zur Tür. Als er den weißen Vorhang, der das Ladeninnere vor der Hitze draußen schützte, auseinanderschlug, drehte er sich um und lächelte Colette sehr sanft zu:

»Einen ganz kurzen Moment!«

Dann schaute er zu der kleinen, nicht besonders hellen Verkäuferin hinüber:

»Ich bin gleich zurück! – Für mich einmal Himbeer!«

Er ging hinaus; Colette fühlte sich plötzlich sehr allein: Jos letzter Blick, in dem eine seltsame Verzweiflung gelegen hatte, hatte ihr gegolten.

Sie fing sich wieder, als sie die schwarzgekleidete Verkäuferin sah, die immer noch beharrlich neben ihr wartete.

»Ähm – für mich auch einmal Himbeer«, bestellte sie.

Sie hatte die Tüte mit dem Gebäck auf den Tisch gelegt und starrte zum Fenster hinaus, während sie die Augen der beiden Verkäuferinnen auf sich ruhen fühlte.

Die Straße war ruhig. Die Autos glitten vorbei. Einige Passanten warfen einen Blick zum Schaufenster herüber, entweder wegen der Kuchen oder um sich selbst zu betrachten. Aus den hinten liegenden Räumen roch es nach frisch Gebackenem.

Während sie sich etwas zur Seite drehte, um zuzusehen, wie die Verkäuferin ihr Eis aus einem schwarz-gelben Kühlbehälter holte und ihr dabei die rosa Farbe des Himbeereis unanständig vorkam, dachte sie darüber nach, dass das Verhalten des kleinen Jo zumindest ungewöhnlich war – da hörte sie die Schüsse.

Einen einzelnen Schuss zunächst, den sie vermutlich nicht wahrgenommen hätte, wenn sie ihn nicht insgeheim erwartet hätte; darauf folgte eine Salve, die aus drei oder vier Feuerstößen bestehen mochte, in die sich das Geräusch von zwei Schüssen mischte, die aus geringerer Entfernung abgefeuert wurden.

Das Ganze hörte genauso unvermittelt auf, wie es begonnen hatte. Die Kleine, die das Eis fertigmachte, hatte kurz aufgeschaut und ohne große Verwunderung gefragt:

»Was ist das denn?«

Schon war alles vorbei! Colette saß wie vom Donner gerührt mit weit aufgerissenen Augen auf ihrem Stuhl, während ihre Hände die scharfen Kanten des Tisches umklammerten. Die Passanten draußen hatten kaum den Kopf gehoben.

Es schien Colette, als folge eine nichtendenwollende Stille, die von einer unbestimmten Geschäftigkeit erfüllt war. Sie hörte ihren eigenen, hektischer werdenden Atem. – Da sah sie, wie ihr Himbeereis in einem Becher aus Pressglas vor sie hingestellt wurde, und begriff, dass seit den Schüssen keine zehn Sekunden vergangen waren.

Der weiße Vorhang teilte sich und Jos Blondschopf erschien, ganz ruhig und ganz rein. Er lächelte Colette an und setzte sich neben sie.

Er sah den kleinen rosa Eisbecher an und wandte sich dann mit leicht vorwurfsvollem Ton an die weniger Helle der beiden:

»Und meins?«

»Sofort, der Herr!«

Sie ging zum Eiswagen. Colettes Blick blieb auf den ebenfalls schwarz-gelb lackierten Tisch gesenkt. Sie streckte ihre Hand nach dem kleinen Löffel aus und hörte sich mit belegter Stimme fragen:

»Was ist denn passiert?«

»Na ja«, sagte Jo beiläufig. »Man müsste abgesägte Auspuffe verbieten!«

Er hatte dies so laut gesagt, dass es auch die beiden Verkäuferinnen hören mussten. Colette hob ein wenig den Blick und sah den Tweedärmel neben ihrem nackten Arm. Ein wenig unterhalb des Ellenbogens sah sie einen kleinen Riss, ein Ausfasern, das dort vorher nicht gewesen war.

Ihr Blick schweifte zu seiner Hand. – Jos Hand zitterte wie im Fieber. Er war schweißgebadet. – Seine Stimme klang ein ganz klein wenig rau.

Colette legte ihre Hand auf die seine und fragte ihn mit ganz leiser Stimme:

»Sind Sie verletzt?«

»Alles ist in Ordnung«, antworte Jo mit der gleichen ruhigen Stimme.

Dann sah er sie wie erstaunt an und sagte leiser:

»Ich hab Schiss!«

Zur gleichen Zeit bedeutete er ihr mit der Hand, ruhig zu bleiben.

Sie aßen von ihrem Eis. – Draußen hörte man ein Polizeiauto, das in die Rue de Bassano einbog.

Colettes Blick war der eines fassungslosen kleinen Mädchens, das nicht wusste, wie ihm geschah. Sie schluckte einen ganzen Löffel voll Eiscreme hinunter; sie fühlte, wie das Eis die Speiseröhre hinabglitt: Wie unangenehm!

Die eine der beiden Verkäuferinnen hatte den weißen Vorhang angehoben und schaute hinaus. Sie ging bis zur Gehsteigkante vor, blieb dort kurz stehen und kam dann enttäuscht zurück.

»Das ist in der Rue de Bassano!«, sagte sie zu ihrer Kollegin. »Man kann nichts sehen!«

Nach kurzem Nachdenken sagte sie noch:

»Es hat sich wie Schüsse angehört!«

»Ach was!«, entgegnete die Dämliche mit der Stupsnase. »In einem so ruhigen Stadtteil!«

Sie kümmerten sich nicht um ihre Gäste und stellten keine Beziehung zwischen diesen und den Ereignissen her. Sie wollten offensichtlich vor allem wissen, was sich in der Nachbarstraße, fünfzig Meter von hier, abspielte. Deshalb standen sie jetzt beide draußen, unter der Sonnenblende.

»Ich muss abhauen«, sagte Jo leise. »Mein Schlitten steht vermutlich nicht in der Absperrung, aber ich kann dort nicht hin. Deshalb muss ihn jemand für mich holen.«

»Ich?«, fragte Colette erstaunt.

»Das wär das Beste.«

»Aber – ich kann nicht fahren!«

»Na ja, schade!«, entfuhr es Jo.

Er schien enttäuscht.

»Ich kanns ja mal versuchen«, sagte sie voll guten Willens.

Er zuckte kaum merklich mit den Schultern und tätschelte ihre Hand.

»Ist schon gut, Kleine!«

Er stand auf.

»Ich überlass die Zeche dir. Hast du Geld?«

»Natürlich!«, entgegnete sie beleidigt. »Tschüs!«

»Tschüs!«, verabschiedete sich Jo.

Er war schon im Gehen. Sie sah, wie er die Hand zum Hut führte, als er an den beiden kleinen Verkäuferinnen vorbeiging.

Eine von den beiden warf einen Blick in das Ladeninnere; als sie Colette sah, war sie beruhigt.

Jo hatte kaum etwas von seinem Eis gegessen und Colette konnte ihr eigenes nur mit Mühe aufessen; sie brachte es einfach nicht hinunter! Sie achtete auf jedes noch so geringe Geräusch, wartete ab, warf sich vor, dass sie abwartete. – Und dabei war dieses Himbeereis so kalt, dass einem fast die Zähne herausfielen!

Sie schob es schließlich von sich weg. Sie hatte ihr Geld in einer der großen Taschen ihres Kleides, aber eine Handtasche hatte sie nicht dabei. Und in diesem Laden gab es auch nirgends einen Spiegel. – Notfalls konnte man sich ja im schönen schwarzen Lack eines Tisches spiegeln; aber dort konnte man nicht sehen, wie blass man war.

Sie schlug mit ihrem Löffel an ihren Eisbecher, um die Aufmerksamkeit einer der Verkäuferinnen zu erregen, erhielt aber keine Antwort. Sie hatte einen Kloß im Hals:

»Fräulein!«

Aus Furcht, sie könne zu leise sein, hatte sie geschrieen. Der Erfolg zeigte sich sofort: Die kleine Stupsnäsige erschien.

Colette gab ihr einen Geldschein und stand dann auf. Sie bemühte sich, ruhig zu erscheinen, normal eben. Sie zeigte kein Anzeichen von Ungeduld, als die Verkäuferin nach hinten gehen wollte, um nach dem Preis für einen Telefonanruf zu fragen. Sie ließ ein Trinkgeld zurück, grüßte und stand auch schon auf der Straße.

Nach etwa zehn Schritten hörte sie von hinten »Fräulein! Fräulein!« rufen:

Das war die Verkäuferin, die ihr die Tüte mit dem Gebäck brachte, die sie vergessen hatte.

Auf den ersten Blick sah die Rue de Bassano bis auf das etwas schräg zur Fahrbahn geparkte Polizeifahrzeug fast wie immer aus. Doch man brauchte nur die Augen nach oben zu richten und all die Leute in den Fenstern sehen, um zu begreifen, dass sich dort etwas Schreckliches ereignet hatte.

Eine Trillerpfeife hielt den Verkehr in Fluss; gleichzeitig wurde nur noch ein Teil der Passanten durchgelassen.

Colette ging in ihrem roten Kleid mit den großen Taschen weiter. Es war ihr, als sei ein großer Insektenschwarm in ihren Ohren, und die Knie wurden ihr weich. Sie setzte ein unpersönliches, treuherziges Lächeln auf.

Den ersten Polizisten, der sie anhielt, fragte sie:

»Was ist denn hier los?«

»Sie gehen jedenfalls hier nicht weiter!«, entgegnete der.

Man ließ die Passanten nicht durch und so bildete sich schon ein Stau von Neugierigen, der nicht vorwärts konnte und nicht zurück wollte.

»Aber ich wohne doch hier!«, protestierte sie.

Sie zeigte die harmlose Tüte aus der Konditorei.

»Meine Mutter wartet auf mich!«

»Dann muss sie halt noch etwas warten!«, sagte der Polizist freundlich. »Wenn sie auf die Straße herunterschauen kann, dann wird ihr der Hunger vergangen sein!«

Colette versuchte nicht durchzukommen, sondern stellte sich etwas weiter in die erste Reihe.

In etwa zehn Metern Entfernung konnte sie eine Gruppe von Polizisten sehen, die um eine Leiche herumstanden. Viel war nicht mehr zu erkennen: eine formlose Masse in der Sonne, ein Mensch in grauen Hosen und gelben Schuhen.

Um sie herum flogen die Stimmen durcheinander; ein richtiges Schauspiel war das hier.

»Der andere liegt dort hinten, zwischen zwei Autos! Dort ist seine Hand zu sehen!«

Alles redete durcheinander. So etwas hatte man hier noch nicht gesehen. Colette stand jetzt neben einem anderen Polizisten und bat um Durchlass. Der wehrte ab:

»Warten Sie bitte!«

»Aber ich wohne …«

»Ich kann nichts dafür!«

Sie blickte jetzt noch mal nach oben und sah im dritten Stock ihren Vater und ihre Mutter. Sie winkten aufgeregt und riefen ihr etwas zu. Sie winkte zurück und schrie, dass sie nicht durchgelassen werde.

»Warte!«, bedeutete ihr Maine und ging vom Fenster weg.

Weniger als eine Minute später erschien sie an der Eingangstür und wandte sich höflich an einen höherrangigen Polizisten. Dieser führte seine Hand an sein Käppi und nickte ihr zu. – Colette dachte, sie müsse mindestens dreißig Meter vor aller Augen zurücklegen, und dass dann alle merkten, dass sie wie Espenlaub zitterte.

Im nächsten Moment winkte ihr Maine zu kommen und der junge Polizist, der alles verfolgt hatte, ließ sie durch.

»Guten Appetit!«

Vergnügt bedankte sie sich bei ihm und ging los, als ob nichts wäre.

Alles erschien so einfach, sogar einen Blick auf die beiden Leichen konnte sie werfen. Dort lagen sie, im Abstand von drei Metern voneinander, der eine auf dem Bürgersteig, der andere zwischen zwei parkenden Autos. Sie regten sich nicht mehr. Sie waren tot! – ›So tot wie ein Nagel, der in einer Tür steckt‹, erinnerte sich Colette unwillkürlich an ihren Englischunterricht, in dem sie den guten alten Dickens im Original gelesen hatte.

Das waren nun die beiden ersten wirklichen, nicht wegdiskutierbaren Leichen, die sie sah! Wer waren sie? Zumindest Leute, die auf der Hut waren! Die große Automatik und die Patronenhülsen, die herumlagen, ließen daran keinen Zweifel! – Sicher, das war schrecklich: Viel wichtiger aber, dachte Colette, war die Tatsache, dass Jo am Leben war!

Sie hörte, wie ein Polizist ironisch sagte:

»Bloß nicht hinsehen!«

Da nahm sie auch schon ihre Mutter am Arm und sie verschwanden im Gebäude.

»Was für ein Ding!«, rief Colette fast schon begeistert aus.

Maine betrachtete sie. Am Aufzug winkte sie sie weiter; gemeinsam stiegen sie die Treppe hinauf.

»Wo warst du genau, als …«

»Ich hab ein Himbeereis gegessen, Mama!«

»Hast du Jo nach dieser – äh – Geschichte wiedergesehn?«

»Der hat neben mir gesessen und Himbeereis gegessen, Mama!«

Maine musterte dieses siebzehnjährige Mädchen, von dem sie so wenig wusste und das ihr so sehr glich.

»Und was hat er zu diesem schrecklichen – äh – Unfall gesagt?«

»Vermutlich hat er sich geirrt«, entgegnete Colette treuherzig. »Er hatte von abgesägten Auspuffen gesprochen.«

Maine war sprachlos. Tat Colette nur so, als sei sie die Unschuld vom Lande, oder war sie wirklich dieses kleine, ein wenig beschränkte Mädchen, das der gute alte Félix aufgezogen hatte?

»Eigentlich«, fuhr Colette fort, »hätte er gern gehabt, dass sich jemand um seinen ›Schlitten‹ kümmert.«

Sie hatte das ›Schlitten‹ leicht abfällig in Anführungszeichen gesetzt, aber Maine ließ sich dadurch nicht täuschen.

»Schon geschehn!«, erwiderte sie.

Sie nahm Colette bei der Hand; sie fühlte, wie viel Vertrauen und Zuneigung ihr dieses aufgeweckte Mädchen entgegenbrachte. Colette betrachtete sie von der Seite, zwinkerte ihr kaum vernehmbar zu. – Sie streckte einen Finger in die Luft.

»Eins A, der Jo, Mama!«

Maine hatte in der Herzgegend plötzlich ein komisches Gefühl; sie beschloss, es für einen Riss zu halten.

V

Sie waren nur zu dritt beim Abendessen: Vater, Mutter und Tochter, also im engsten Familienkreis, wurden aber von zahlreichen Anrufen unterbrochen, die Maine zu erledigen oder entgegenzunehmen hatte.

So gegen zehn Uhr abends hatten sie sich endlich über Colettes Gebäck hergemacht.

»Du musst doch todmüde sein«, sagte Maine zu ihrer Tochter. »Ich bezieh das Sofa und du legst dich schlafen.«

»Ich bin nicht mehr acht«, antwortete Colette schmollend.

Aber sie war in der Tat müde und ging selbst los, um Bettwäsche aus dem Schrank zu holen.

»Also gut!«, sagte Félix ganz taktvoll.

»Na ja, ich mach mich dann mal auf den Weg, Angèle! Ich such mir was in der Nähe vom Gare de Lyon.«

»Du schläfst in meinem Bett«, erwiderte Maine.

Damit hatte Félix nicht gerechnet. In seinem ›Oho!‹ schwang ein Hauch von Anzüglichkeit mit.

»Ich werd abgeholt«, sagte Maine. »Ich komm die Nacht über nicht zurück. Ich möcht dich gern hier wissen, bei Colette.«

»Schade!«, sagte er nachdrücklich.

Dabei sah der gute alte Félix wie jemand drein, dem es ganz schwer ums Herz ist.

»Schade!«, stimmte sie freundlich zu. »Wie lange bist du jetzt schon Witwer?«

»Das sind jetzt bald drei Jahre«, sagte Félix plötzlich ernst.

»Und du denkst nicht dran, wieder zu heiraten?«

Er schüttelte den Kopf. Das war ein heikles Thema. Seit dem Tod von Janine, seiner zweiten Ehefrau, war Félix unheimlich gealtert. Von dem bisschen, was Colette ihr erzählt hatte, wusste Maine, dass er seine Frau sehr geliebt hatte. Und als dann das Unglück geschah, war es ein bisschen, als wüsste er nicht mehr, warum er eigentlich auf der Welt ist.

Aus dem Badezimmer war das Pfeifen von Colette zu hören. Félix trat näher an Maine heran und begann sie zu begrapschen. – Maine schloss halb ihre Augen: ›Armer alter Trottel‹, dachte sie, ›zwing mich nicht dazu, gemein zu werden. Erstens hab ich keine Zeit! Und zweitens hab ich keine Lust!‹

»Noch mal zu dem, worüber wir vorhin gesprochen haben«, begann Félix vertraulich. »Da wär mein Motorrad, das vielleicht nicht viel wert ist, aber – «

Maine fuhr hoch, als habe man ihr einen Schlag versetzt.

»Schon wieder!«

»Ja«, gab er zurück. »Ich hab auch noch ein kleines Wochenendhaus in der Nähe von Draguignan. Ich bin nie dort, es steht also leer. Daraus könnt ich vielleicht noch mehr ziehen: drei- oder vierhundert Scheine. Ich denk, das könnte für Jo interessant sein?«

Maine stand auf und ging in Richtung Schlafzimmer.

»Beeil dich, Mäuschen. Ich muss mich umziehen.«

»Ja, Mama!«

Sie ging zu Félix zurück, die Kiefer aufeinandergepresst.

»Hör gut zu, Félix! Wenn du willst, dass wir Freunde bleiben, erzähl mir nie wieder was von Jo, von deinem Wochenendhaus, oder von deinem Motorrad! Wenn du mit jemandem im Clinch bist, dann verdrisch ihn selbst! Ist das klar?«

Sie wies mit dem Kopf auf das Schlafzimmer.

»Es ist schon genug für die Kleine, dass das Bild ihrer Mutter in allen Zeitungen war! Das soll ihr mit dem Foto ihres Vaters auf jeden Fall erspart bleiben!«

»Es geht nicht darum, jemanden zu verdreschen, sondern darum, ihn zu beseitigen!«, sagte Félix ruhig. »Du bist gerade dabei, mir es ziemlich schwer zu machen, Angèle. Wenn ich den Job selbst übernehm, stehn die Chancen neun zu zehn, dass ich erwischt werde.«

»Niemand zwingt dich dazu, es zu tun!«

»Ach ja? – Auch Godot hat keiner dazu gezwungen, den Befehl zu geben, Paconi und Betti zu erschießen!«

»Aber – «

»Er stand da«, sagte Félix auf das Telefon deutend. »Ich hab alles gehört – und gesehn!«

Es herrschte einen Moment lang Stille. Maine wurde ganz abweisend, als handle es sich um eine Erpressung.

»So, so! – Worauf willst du eigentlich hinaus?«

Félix zuckte mit den Schultern.

»Meine arme Angèle, ich hab nichts gesehen und auch nichts gehört, wenn du davor Angst hast! – Ich wollt dir nur sagen, dass du dir deine Moralpredigt schenken kannst!«

Der Tisch war nicht abgeräumt; er stand zwischen ihnen wie eine Grenze aus dreckigem Geschirr: wie ein Bild aus einer anderen, längst vergangenen Zeit. Die Erinnerung daran stieg in Maine wieder hoch.

»Was wir uns nicht schon alles gestritten haben, wir beiden!«, sagte Maine mit einem Anflug von Zärtlichkeit. – »Bloß hast du damals wenigstens gut ausgesehen. Das ist jetzt aber nicht mehr der Fall!«

Félix verzog das Gesicht: Damit hatte er sich schon abgefunden. – Ihr ging es im Übrigen nicht darum, ihn zu kränken: Sie wollte nur keine all zu große Vertrautheit aufkommen lassen.

»Ich bin keine Beamtin, mein lieber Félix! In meiner Welt wird man nicht befördert, höchstens ins Jenseits. Eine solche Beförderung hast du heute gerade gesehen. Wer gewinnt, bleibt übrig.«

»Sehr beeindruckend!«, entgegnete Félix, der aber keineswegs beeindruckt schien.

»Noch mal zu dem, worüber wir eben gesprochen haben: Glaubst du, dass ich Jo treffen könnte, heute Abend oder morgen?«

»Ah! – Ja richtig!«, fuhr Maine etwas ruhiger fort. »Ich hatte vergessen, dass du der König der Starrköpfe bist. Wenn du dir was in den Schädel gesetzt hast, wird man dich schwerer los als einen Bandwurm! – Meine Antwort ist ganz einfach:

Jo arbeitet nicht für mich und ich weiß nicht, wo er sich versteckt hält.«

»Also gut!«

»Und im Übrigen ist es so, dass es in solchen Fällen etwas länger dauert als acht Tage. Wir können ja bei deinem nächsten Urlaub noch mal darauf zurückkommen.«

»Reden wir nicht mehr davon«, sagte Félix. »Ich werd schon eine andre Lösung finden. – Kannst du mir denn dann wenigstens ein kleines Pistölchen verkaufen?«

»Dir *was* verkaufen??«

Maine verschränkte die Arme, im Begriff, vor Wut zu platzen. Aber dann wurde ihr Blick plötzlich weich, sie ging auf ihren Ex-Mann zu und legte ihm die Hände auf die breiten Schultern.

»Mein armer Félix, was hat man dir denn bloß getan, dass du so rachsüchtig geworden bist?«

»Man hat mir meine Frau umgebracht!«, antwortete Félix widerwillig – so als gäbe er ein großes Geheimnis preis.

Maine fühlte sich ganz plötzlich unwohl, wie in einer heiklen Situation. Sie wusste seit drei Jahren über das Ende von Janine Bescheid, die Verkäuferin in den *Magasins Modernes* in der Avenue de la Victoire gewesen war. Sie hatte mit vierunddreißig anderen Verkäufern, Verkäuferinnen und Kunden einen schrecklichen Tod gefunden: In einer gewaltigen Brandkatastrophe, bei der das Kaufhaus bis auf die Grundmauern niedergebrannt war.

Damals hatte Maine ihre eigenen Sorgen gehabt und war, als sie in der Wochenschau die Katastrophe und das Begräbnis gesehen hatte, gar nicht auf die Idee gekommen, dass dies etwas mit Félix zu tun haben könnte. Erst einige Wochen später hatte sie durch einen Brief von Colette erfahren, dass Félix jetzt Witwer war. Als ihre Tochter dann zu ihr nach Paris kam, entnahm sie deren Erzählungen, dass Félix diesen Schicksalsschlag nur schwer verkraftet hatte.

Seitdem waren drei Jahre vergangen. Félix war noch keineswegs darüber hinweg: Vielmehr saß er jetzt vor ihr, in ihrem

Louis-Seize-Zimmer, ruhig wie ein Rächer, gefährlich wie ein Besessener.

Maine lächelte ihn freundlich an.

»Du bist noch nicht darüber hinweg, mein guter armer Félix!«

Sie erinnerte sich vage daran, dass im Zusammenhang mit dem Brand von Vorsätzlichkeit gesprochen wurde. Zumal eine andere Filiale der *Magasins Modernes*-Kette, die auch nicht gut lief, ungefähr unter den gleichen Umständen in Toulon abgebrannt war! –

»Du glaubst also, dass das Feuer absichtlich gelegt wurde?«

»Da bin ich mir ganz sicher!«

»Aber – warum? Um die Versicherungssumme zu kassieren?«

»Es ist ein kleines bisschen komplizierter, aber es ging sehr wohl um die Moneten.«

Maine war perplex. Sie wollte gerne hinnehmen, dass die bessere Gesellschaft nicht ausschließlich aus Heiligen bestand: Aber das zu schlucken, das war dann doch etwas schwer! Na ja, man musste eben an den Schmerz denken, den der arme Félix empfand, wenn er an die Sache erinnert wurde.

»Mal sachte, Félix! – Gab es denn überhaupt Ermittlungen?«

»Ha! Natürlich gab es Ermittlungen! Sie haben alle eine weiße Weste! Man hat es dem Schicksal zugeschrieben!«

Es herrschte eine längere Stille. Maine fühlte sich angesichts der traurigen Geschichte von Félix völlig hilflos. Ohne es sich zu sehr eingestehen zu wollen, spürte sie, dass sie vor allem mit dieser Sache nichts zu tun haben wollte, in welcher Weise auch immer!

Sie versuchte, betrübt zu erscheinen: So wie es sich auch gehört, Begeisterung zu zeigen, wenn gute Freunde einem auf einmal verkünden, dass ihre älteste Tochter ein ungeahntes Gesangstalent hat und dies auch sofort unter Beweis stellen wird. – ›Wie komm ich da nur raus?‹ – Es gab kaum eine Chance, Félix durch großes Mitgefühl zu beeinflussen, und außerdem entsprach das nicht ihrem Naturell.

Sie schaute bloß missmutig auf die echt antike Uhr mit dem Quecksilberpendel.

»Ich komm zu spät! – Wir sprechen da morgen noch mal drüber, Félix. – Und außerdem: Bilde dir doch nicht ein, dass man einfach so losgehen und Leute umlegen kann, ohne Beweise ...«

»Aber ich hab sie ja, die Beweise!«, entgegnete Félix leicht verärgert.

Maine streckte ihre Hände abwehrend nach vorne, um nicht weiter zuhören zu müssen.

»Morgen, Félix! Morgen!« –

Es klingelte zwei Mal lang. Maine blieb einen Moment lang stehen, stutzte, den Mund halb offen:

»Du wirst abgeholt?«, fragte Félix.

»Eigentlich – eigentlich war das nicht so abgemacht!«

Sie sprach leise, gab ihm zu verstehen, ruhig zu sein. Ein Augenblick verstrich, dann schrillte die Klingel wieder. In der Diele brannte noch Licht, das wohl unter der Tür durchschien. – Sie konnte nicht einfach so tun, als ob niemand da wäre.

Maine ging langsam zur Tür, hielt sich aber ein wenig abseits, außerhalb der Gefahrenzone, für den Fall, dass die auf die Idee kamen, die Tür zu durchsieben. – Da ertönte ein drittes Mal die Klingel, im selben Moment klopfte es.

»Machen Sie auf!«, sagte eine höfliche Stimme. »Ich weiß, dass Sie da sind!«

Félix, der sich näherte, winkte Maine eindringlich zu, aus dem Schussfeld zu verschwinden.

»Wer ist da?«, fragte sie.

»Kommissar Verdier!«, kam es von der höflichen Stimme. »Es ist nur für einen kleinen Augenblick, bitte!«

Maine musste die Stimme wiedererkannt haben, denn sie machte gleich auf.

Ein ziemlich großer Mann in Tweedjackett und Tricotine-Hose stand auf der Fußmatte: um die fünfzig, massig, Autorität ausstrahlend, aber sehr höflich.

»Entschuldigen Sie ...«

Er gab jedoch zu verstehen, dass er keine Entschuldigung nötig hatte. Maine legte ein perfektes Lächeln auf, ganz die Dame von Welt.

»Aber treten Sie doch ein, Herr Kommissar!«

»Gnädige Frau ...«

Galant nahm er ihre Hand, hob sie ein wenig an, neigte kaum merklich den Kopf. Diese Andeutung eines Handkusses zeugte von einer Mischung aus Gewandtheit und gekonnt-professioneller Gelassenheit. Félix, der das für den Gipfel guter Manieren hielt, ließ sich davon beeindrucken.

»Herr Seguin, der Vater meiner Tochter!«, stellte ihn Maine vor.

›Das war's!‹, dachte Félix mit Schrecken. ›Wir sind erledigt!‹ –

Kommissar Verdier sah jedoch nicht besonders gefährlich aus. Er schien jetzt, um zehn Uhr abends, einfach nur einen Höflichkeitsbesuch abzustatten. Er betrachtete die Bilder an der Wand, an denen Félix nur die goldenen Rahmen aufgefallen waren. Er richtete seinen Blick auf eines von ihnen, das das Brustbild einer Art Marquise von Pompadour zeigte.

»Erstaunlich, dieses Porträt! Fast könnte man es für einen Largilière halten!«

»Ich verstehe nichts davon«, gestand Maine. »René hat es mir geschenkt – «

»Sie sollten es begutachten lassen«, riet der Polizeibeamte. »Sie haben da vielleicht ein kleines Vermögen hängen!«

Unwillkürlich begann Félix, die anderen Gemälde mit großer Aufmerksamkeit zu betrachten. Eines von ihnen, das eine Dorfkirche mit einem echten Ziffernblatt im Kirchturm darstellte, fand er toll, aber Verdiers Blick glitt darüber hinweg, ohne ihm irgendwelche Beachtung zu schenken.

»Sie erahnen wahrscheinlich den Grund meines Besuchs«, sagte schließlich der Kommissar. »Vor ihren Fenstern gab es einen Zwischenfall. – Als ich mich erinnerte, dass Sie hier wohnen, habe ich gedacht, wir könnten eine interessante Unterhaltung führen.«

»Mein Gott, ich habe nicht viel gesehen!«

Maine hatte einen seltsamen Ton in der Stimme. Es war, als ob sie auf ganz eindringliche Weise kokettierte. Sie war freundlich, aber unnachgiebig.

»Natürlich!«, sagte der Kommissar mit Nachdruck.

Schwer zu sagen, ob er es ironisch meinte. Er schob die Übergardine zur Seite und beugte sich aus dem offenen Fenster. Eigentlich konnte er nichts sehen, da die Leichen am frühen Abend weggeschafft worden waren.

Er wandte sich wieder Maine zu.

»Ruhiges Viertel! – Kannten Sie die Opfer?«

»Ich werde jetzt vielleicht etwas Dummes sagen«, antwortete Maine mit einem Hauch von Unschuld. »Aber sie erinnerten mich an Paconi und – ich weiß nicht so recht – einen seiner Freunde.«

»Es handelt sich in der Tat um Paconi und Betti«, sagte Verdier mit Pokerface. »Die Tatsache, dass sie vor ihren Fenstern erschossen wurden ist, natürlich, purer Zufall? – Sie unterhielten eine sehr freundschaftliche Beziehung zu ihnen?«

»Eine sehr distanzierte!«

»Aber Sie konnten den toten Paconi sogar von hier oben aus dem dritten Stock wiedererkennen!«

»Er hatte ein Gesicht, das man nicht vergisst!«

›Sie verarscht ihn!‹, dachte Félix mit Schrecken. ›Er wird uns noch einbuchten!‹

Verdier verzog keine Miene. Er fragte Maine, ob das Fräulein Tochter da sei.

»Sie schläft!«, sagte sie fürsorglich.

»War sie zum Zeitpunkt der Schießerei hier?«

»Nein. Sie war in die Konditorei gegangen.«

»Gut!«, sagte Verdier, als ob es keinerlei Bedeutung hätte. »Lassen Sie sie schlafen. Wie alt ist sie?«

»Siebzehn.«

Félix spürte, wie sich ein sehr scharfer Blick auf ihn richtete und fragte sich, ob es nicht angemessen sei, nur im Beisein seines Anwalts zu antworten.

»Waren Sie hier, Herr Seguin?«

Félix schaute hilfesuchend zu Angèle hinüber, die so ruhig und entspannt war wie ein Friedensrichter.

»Ja«, sagte er.

»Und Ihnen ist nichts aufgefallen?«

»Ich hörte Schüsse und ging zum Fenster, so wie alle anderen.«

»Gut!«, sagte Verdier höflich. »Dürfte ich Sie fragen, Herr Seguin, was ihre Erwerbsquellen sind?«

»Ich bin bei der Bahnpost, Avignon – Nizza und zurück.«

Die Miene des Kommissars hellte sich ein wenig auf.

»Ein sympathischer Beruf! – Sie müssen sich ein wenig fehl am Platz fühlen, bei diesen Schießereien?«

»Wissen Sie«, sagte Félix gar nicht bösartig. »Alle müssen ja schließlich irgendwie leben.«

»Hm!«, Verdier wirkte etwas unschlüssig. »So kann man das natürlich auch sagen!«

Er zog die Übergardine ganz auf und lehnte sich aus dem offenen Fenster.

»Der Mörder befand sich an der Straßenecke. Manche Augenzeugen berichten, dass die Schüsse aus einem Fahrzeug kamen; andere sagen, es sei ein Fußgänger gewesen, der in Richtung Avenue Marceau verschwand. Manche beobachteten einen eher kräftigen Mann in blauem Hemd mit hochgekrempelten Ärmeln in einem Renault Frégate; andere berichteten von einem blonden jungen Mann mit relativ weitem Sakko. – Es ist jedoch unumstritten, dass nur ein einzelner Mann geschossen hat, mit einem Neunmillimeterkarabiner, wahrscheinlich mit abgesägtem Lauf. Ich möchte hinzufügen, dass es ein hervorragender Schütze war, unglaublich schnell, da Betti nicht gerade den Ruf hatte, seine Knarre nicht hochzukriegen.«

Er ging wieder auf Félix zu.

»Sie haben weiter nichts gesehen, Herr Seguin?«

»Nichts!«

»Sie auch nicht?«

»Nein!«

»Sie haben keine Ahnung, was diese Männer da unten zu suchen hatten?«

»Nicht die geringste!«

»Und es ist niemand anderes in diesem Zimmer gewesen?«

Er schaute Félix direkt in das Gesicht.

»Niemand!«, sagte Félix, ohne mit der Wimper zu zucken.

»Ich danke Ihnen«, erwiderte der Kommissar.

Er ging kurz darauf und entschuldigte sich dabei noch einmal auf das Höflichste, so als sei er lediglich heraufgekommen, um zu einer unpassenden Uhrzeit einen Gefallen zu erbitten.

Sobald die Tür in das Schloss gefallen war, schlang Maine ihre Arme um Félix.

»Zum Teufel mit dir!«

Sie drückte ihm zwei dicke Küsse auf.

»Wenn dir das zusagt, schau ich, dass ich morgen früh gegen zwei, drei Uhr wieder hier bin.«

»Das sagt mir zu!«, sagte Félix.

Maine eilte in das Schlafzimmer, um sich umzuziehen, wobei sie leise *Es ist nicht aller Tage Sonntag* vor sich hinträllerte.

VI

Der Tag darauf war allerdings in der Tat ein Sonntag.

Als Félix aufwachte, hielt er einen Moment lang inne, bevor er sich wieder in der Gegenwart einfand. Er lag in einem Bett, das gut roch, Sonnenstrahlen fielen durch die Fensterläden.

Anstelle seiner schwärzlichen Decke voller Risse daheim im Riquier, sah er eine Fläche in rosa schimmerndem Weiß, in deren Mitte ihm eine wunderschöne, kleine Kristallleuchte ihre Arme entgegenstreckte wie ein umgekehrter Springbrunnen.

Zu seiner Rechten erblickte er Angèles blondes Haar, das unter der Decke hervorblickte – ›Mannomann! Was für eine Nacht!‹ – Die noch so frische Erinnerung beschäftigte Félix.

Diese Angèle aber auch! Sie war noch schöner und noch jünger als je zuvor! Ob Königin der braven Mädchen, oder Kaiserin der Miststücke: Mittelmäßig war sie nie, egal bei welcher Sache! Wie die einen um den Finger wickelte! – Und wie sie dann zur Sache ging! – Man könnte meinen, sie habe nicht auch nur das Viertel eines Fältchens hinzubekommen, seitdem sie neunzehn war!

Seine ganze Jugend war plötzlich wieder da gewesen, um gleich darauf wie eine Seifenblase zu platzen; drei Jahre Witwerschaft waren in wenigen Stunden wie weggeblasen gewesen und hatten die brave, ehrliche Janine, das Unschuldslamm, wie eine ferne Erinnerung erscheinen lassen. –

Félix war ganz durcheinander. Schüchtern wie ein Verliebter betrachtete er voll Zärtlichkeit das blonde Haar, die vollen Formen ihres Körpers unter dem Laken. Er wagte nicht, ihn zu berühren.

Er stand vorsichtig auf, mit schweren Beinen und kreuzlahm, als hätte er fünfhundert Kilometer auf seinem Motorrad zurückgelegt. – Mensch, na also! Er hielt sich noch wie ein Junger, dagegen konnte man nichts sagen: Aber hinterher machte sich sein Alter dann doch ein wenig bemerkbar! – ›Mit deinen fünfundvierzig Jahren, Félix, läuft im Bett noch alles wie am Schnürchen, das Erwachen am nächsten Morgen ist aber doch ziemlich ernüchternd!‹

Er steuerte auf das Bad zu, während er sich im Nacken kratzte. Ein Blick in den Spiegel zeigte ihm einen kleinen Mann mit Tränensäcken unter den Augen, kräftigem Hals, schütterem Haar und zu allem Überfluss eine Lippe, die auf einer Seite deutlich angeschwollen war, als Folge eines Schlages, den er sich am Gare du Nord eingefangen hatte. – Keine Spur von einem Adonis, der arme Félix!

Seine Hochstimmung verflüchtigte sich auf der Stelle. Er schämte sich sogar, als er begann, an seine Tochter zu denken: die arme Colette, die …! Mein Gott, was für ein Vorbild er doch war!

Er ging verlegen in das Wohnzimmer, um ihr Guten Morgen zu sagen. – Das Sofa war zusammengeklappt und eine Nachricht lag auf dem Tisch: *Ich bin auf den Champs-Elysées spazieren. Bis später!*

Doch aus der Küche kamen Geräusche. Vielleicht war sie ja noch nicht losgegangen? – Er stieß die Tür auf und stand direkt der Putzfrau gegenüber, die gerade mit dem Geschirrspülen fertig war und sich die Hände abtrocknete.

Sie war stämmig; die Art von Person, die immer unzufrieden ist, aber für drei zupacken kann. Sie musterte ihn von Kopf bis Fuß, keineswegs erstaunt.

»Sie sind also der Herr von Frau Maine, heute Morgen?«

»Ähm – ja!«

»Ich hab Kaffee gemacht! Sie trinkt nie welchen! – Ist sie wach?«

»Ich glaub nicht.«

»Also, ich geh dann. Soll ich Ihnen Ihren Kaffee eingießen?«

»Ich komm schon zurecht!«, sagte Félix.

»Also, dann auf Wiedersehen!«

»Auf Wiedersehen!«

Félix, noch im Pyjama, war verlegen. Er war jetzt allein in der Küche und probierte nacheinander die Errungenschaften der Zivilisation gleich mehrfach durch: Der Kühlschrank ging ständig auf und zu, die Flammen des Gaskochers wurden an- und ausgemacht, der kleine Elektroherd ausprobiert, der Abzug und der Mülleimer mit Fußpedal wurden betätigt. – Was für ein Luxus! –

Schließlich machte er sich etwas Kaffee heiß. Die Tasse hielt er auf seinen Knien, während er ganz eingeschüchtert auf einem Hocker saß. Er hörte es an der Tür klingeln und dachte: ›Colette kommt zurück.‹ Er ging, um zu öffnen, und stand plötzlich Godot gegenüber, der ihm die Hand reichte.

»Hallo, Félix!«

»Hallo«, sagte Félix.

Er fühlte sich überhaupt nicht wohl, so, als spielten sie die Szene des unverhofft heimkehrenden Ehemannes. Sein Gegenüber war kräftig und hatte edle Schuhe an, wohingegen Félix in gewöhnlichen Espadrilles von Uniprix steckte. – Das konnte einem schon Komplexe bereiten!

»Ähm – Angèle schläft!«, kam es aus seinem Mund.

Der kräftige Godot verzog bei dem ungewohnten Vornamen ein wenig das Gesicht, fuhr aber sehr freundlich fort:

»Hat es gut geklappt?«

»Super!«, sagte Félix, der die Situation ziemlich seltsam fand.

»Na, umso besser, Alterchen!«, erwiderte Godot ganz vergnügt.

Félix fragte sich, ob man auf seine Ersparnisse aus sei und das gefiel ihm gar nicht. So hatte Angèle die Nacht mit ihm also nur mit Erlaubnis ihres Kerls verbracht! Das war beruhigend, aber kränkend!

»Jetzt bin ich aber ganz eifersüchtig!«, sagte der kräftige Riton.

Er machte nicht den Anschein und war nur darauf aus, ungezwungen und freundlich zu wirken. Félix begann sich sicherer zu fühlen; er war in keine Falle getappt: Man würde ihn nicht an Ort und Stelle umbringen.

»Wo steckt sie, dieses männermordende Ungeheuer?«, brüllte Godot, während er in das Schlafzimmer trat.

Er kam einige Sekunden später zurück, überhäuft von Flüchen und Federn. Maine erschien im Morgenmantel, mit noch vom Schlaf verquollenem Gesicht, aber übersprudelnd vor Wut.

»Hau ab! Hörst du, Godot! Ich will dich hier nicht mehr sehen! Ich bin hier zu Hause! – Wie stehe ich jetzt da, hä?« –

Godot krümmte sich vor Lachen.

»Du bist göttlich! Genau so lieb ich dich!«

»Wenn Colette da wäre, hätt ich dir das auf dem Schädel zertrümmert!«, wütete Maine, indem sie nach einer ansehnlichen Vase griff, ein Sèvres-Imitat.

»Aber Colette ist nicht da«, erwiderte Godot.

Er wurde wieder ernst.

»A propos, ist deine Tochter immer noch in der Konditorei? – Ich weiß nicht, ob du dir über den Verlauf der Dinge im Klaren bist, Kleines, aber du solltest dein Töchterchen nicht all zu lange in freier Wildbahn lassen.«

»Was ist los?«, fragte Maine, brennend vor Neugier. »Was schreiben sie? Hast du die Zeitungen?«

»Ich pfeife auf die Zeitungen, meine Liebe. Aber, wenn du Wert drauf legst, kann ich dir die Lage zusammenfassen. Verdier ahnt etwas. Gestern Abend in der Bar hat er ein kleines bisschen zu lange bei einem Cognac mit mir geplaudert, um mir Fragen über den Stand meiner Beziehungen zu Paconi zu stellen. Er quetschte auch das Personal aus, um zu erfahren, ob ich am späten Nachmittag nicht weggegangen war; aber von der Seite bin ich aus dem Schneider. – Fred hatte die Ehre einer Privatunterredung, aber er hat ein felsenfestes Alibi. Zur Stunde X kassierte er gerade an der Kreuzung in Châteaudun nen Strafzettel.«

»Und Jo? Hat er ein Versteck gefunden?«

»Jo ist erst heute Morgen, ganz taufrisch, im Gare de Lyon aufgelaufen. Er ist aus Cannes gekommen, wo er gestern Abend gegen achtzehn Uhr den Zug genommen hat.«

»Aber, um diese Uhrzeit war er doch noch hier!«

»Mach dir keine Sorgen! Das ist kompliziert und kostet viel, aber es ist bombensicher! – Von der Seite rechne ich also nicht mit bösen Überraschungen.«

Er drehte sich zu Félix, der noch im Pyjama war, und klopfte ihm sehr freundschaftlich auf die Schulter.

»Nicht wahr, Alterchen!«

»Im Gare de Lyon hier in Paris?«, fragte Félix nur, der Präzision schätzte.

»Selbstverständlich! Luccioni dagegen macht mir Sorgen!«

»Luccioni?«

»Ja. Und sein Freund Tonio, das Narbengesicht; die beiden kleinen Halunken, die dich am Gare du Nord einsacken wollten: Paconi hat sie ausgebildet. Ich hab das Gefühl, dass sie das nicht so stehen lassen werden!«

Maine fächerte sich Luft zu, ganz die Dame von Welt.

»Es ist doch schon genügend Blut geflossen, gütiger Gott!«

»Von meinem, sicher!«, sagte Godot. »Von ihrem, da pfeif ich drauf! – Und dann«, fügte er hinzu »würde ich gern noch wissen, was sie mit diesem kleinen Nichtsnutz von Annibal gemacht haben. – Nicht die geringste Spur! Ich hatte ihn zur Bewachung losgeschickt und sie haben ihn geschnappt: Nicht, dass ich an ihm hängen würde; aber sollte jemals seine Leiche auftauchen, dann ist nicht so klar, was dann passiert!«

Seit einiger Zeit machte er Maine nun schon unauffällige, aber eindringliche Zeichen, dass sie Félix wegschicken solle.

»Schätzchen«, sagte Maine ganz schmeichlerisch, wobei sie näher kam und ihre Hand auf Félix' Pyjama legte. »Du solltest ins Badezimmer gehen, solange ich nicht drin bin.«

»Sicher!«, sagte Félix, als habe man ihn in flagranti in einer beschämenden Situation erwischt. »Ich lass euch allein!«

Einen Augenblick später hörte man die Dusche am Ende des Ganges laufen.

»Bei dem da hab ich so meine Bedenken!«, Godot senkte die Stimme. »Er hat alles gesehen, alles gehört! Mit einem einzigen Wort kann er mich in den Abgrund reißen! Da läuft es mir kalt den Rücken runter!«

»Ich kenne Félix«, sagte Maine. »Da kannst du ganz ruhig schlafen. Er kann schweigen wie ein Grab.«

»Er ist nicht umsonst der Vater deiner Tochter ...«, begann Godot nachdenklich, während er sich über das Kinn strich.

»Ja!«, unterbrach ihn Maine. »Also: Sieh zu, dass ihm nichts passiert! Hörst du! Er ist so viel wert wie zehn von deiner Sorte! So entschlossen wie Marschall Vorwärts und so nachgiebig wie ein Dragonerleutnant! Wenn er erst einmal eine Entscheidung getroffen hat, bringt ihn nichts mehr wieder so leicht davon ab!«

»Meine Liebe«, sagte Godot »durch eine Nacht in deiner reizenden Gegenwart ist er ganz aufgedreht. – Aber: Aus den Augen, aus dem Sinn! Ich bin mir nicht so sicher, ob sein Gewissen sich nicht wieder meldet, wenn sein Postwagen ihn erst mal wieder hat!«

Maine schaute ihn an. Sie war erst seit einem Jahr mit Godot zusammen, aber sie kannte ihn in- und auswendig. Er war heute Morgen nicht gekommen, um ein paar Kissen durch die Luft zu schleudern; er wälzte sicher eine Idee im Kopf herum.

»Na los, spucks aus!«

»Du hast heute Nacht etwas angedeutet, das mich nachdenklich gestimmt hat. – Ich glaube, verstanden zu haben, dass dein Félix Schwierigkeiten mit jemandem hat: Ich würd mich sehr viel wohler fühlen, wenn wir ihm diesen kleinen Gefallen tun könnten, weil wir ihn dann in der Hand hätten. Eine Hand wäscht die andere!«

»Nein!«, sagte Maine.

Das war eindeutig. Godot kannte sie gut genug, um es dabei bewenden zu lassen.

»Sprechen wir nicht mehr darüber! Ich lass es einfach!«

Gleichzeitig aber dachte er: ›Sie weiß, dass ich weiß, dass sie kein Wort davon glaubt!‹ Was bewies, dass er einen exzellenten Schachspieler abgegeben hätte, fähig, fünf Züge im Voraus vorherzusehen.

»Hör gut zu«, sagte Maine, »kannst du mich in Ruhe lassen, ja? Ich bin heute im Kreise meiner Familie und will nichts davon hören!«

»Ich geh ja schon!«, sagte er ganz versöhnlich. »Aber solange Tonio und Luccioni da draußen rumlaufen, tätest du besser daran, dich nicht zu viel zu zeigen. Diesen Rat wollte ich dir eigentlich geben.«

Er nahm den Zettel, der auf dem Tisch lag.

»Sieh mal einer an! Deine Tochter spaziert auf dem Champs-Elysées rum?«

Er stieß einen leisen Pfiff aus und zog ein Gesicht, als sei eine Katastrophe eingetreten.

»Was?«, kam es nervös von Colettes Mutter. »Versuch nicht, mich ins Bockshorn zu jagen; das läuft bei mir nicht!«

»Wie du willst!«, sagte Godot, während er sein Jackett zuknöpfte. »Ist sie hochgelaufen zum Triumphbogen oder runter in Richtung Tuilerien?«

»Ich hab keine Ahnung!«

»Es gilt vielleicht keine Sekunde zu verlieren!«, sagte Godot und ging zur Tür.

»Aber? – «

»Ich geb dir dann Bescheid!«

Er war bereits im Flur und rannte die Treppe hinunter. Ein ernster Ausdruck lag auf seinem Gesicht.

VII

Colette stand vor den Schaukästen des *Normandie* und sah sich die Stills an – es lief ein Farbfilm! Da spürte sie, wie sich eine Hand auf ihre Schulter legte.

Sie war schon mehrmals angesprochen, von Blicken verschlungen worden, doch angefasst hatte sie noch keiner. Sie drehte sich mit bösem Blick um – es war Godot.

»Mensch, wie du deiner Mutter ähnelst!«, sagte er. »Wenn sie mal *Das Mädchen mit dem Colt* drehn, dann bekommst du sicher die Hauptrolle!«

Godots offene, ruhige Art verfehlte ihre Wirkung nicht. Väterlich hatte er sich bei ihr untergehakt.

»Und? Bist du froh, wieder in Paris zu sein?«

Zwei, drei Minuten erging er sich, den guten Papa mimend, in seichtem Geplauder, bevor er sachte zum Kreuzverhör überging.

»Hast du gestern Abend nicht zu große Angst gehabt? – Was genau ist denn passiert? Ich war ja bereits weg. Hab gar nichts mitbekommen.«

Colette hörte ihm eine Weile amüsiert zu, dann blieb sie an der Bordsteinkante stehen.

»Hören Sie mal, Herr Godot, halten Sie mich bloß nicht für so dumm. Ich weiß ganz genau, dass Jo mit Ihnen telefoniert hat und gleich danach weggegangen ist.«

»Genau das hab ich befürchtet«, brummte er. »Das ist reiner Zufall: Jo hat gerade zu dem Zeitpunkt die Konditorei verlassen, als sich ein paar Gangster eins auf den Deckel gegeben haben – Du glaubst doch nicht etwa, dass er …?«

Colette sah ihm in die Augen.

»Geben Sie sich nicht so viel Mühe, Herr Godot! Wovor haben Sie Angst? Dass ich Sie anzeige?«

»Was soll's denn da zum Anzeigen geben?«, fragte Godot, während er ihr die Hand tätschelte und immer mehr zum gutmütigen Papa wurde. »Ich schwör dir, das ist reiner Zufall. Ich hab Jo gebeten, zu mir zu kommen und –«

»Schon gut!«, schnitt ihm die junge Frau das Wort ab. »Wir einigen uns also auf diese Version, okay?«

Godot schaute sie an und nickte.

»Ganz deine Mutter! Und deine Mutter gefällt mir, Kleine, obwohl mit ihr nicht immer gut Kirschen essen ist. Wenn du nicht willst, dass wir großen Ärger bekommen, ich und damit auch sie, dann vergisst du besser, dass du mich gestern Abend im Treppenhaus in der Rue de Bassano gesehen hast. Verstanden?«

»Ich hab das schon vor sechzehn Stunden verstanden!«, sagte die Kleine. »Nicht nötig, so ein Theater zu veranstalten!«

Sie schwieg eine Weile, dann fragte sie, einen anderen, ganz ungezwungenen Ton anschlagend:

»Und Jo, wie gehts dem?«

»Jo? Dem wirds noch besser gehen, wenn er erfährt, dass du ihn nie gesehen hast. Ist das klar, mein Kleines?«

Colette legte ihre Hand auf seinen linken Unterarm.

»Er ist doch nicht etwa verletzt?«

» I wo!«, wischte Godot ihre Bedenken beiseite.

Hatte sich die Kleine da nicht eben irgendwie komisch angehört, einen fast ängstlichen Unterton in der Stimme gehabt? – Er warf ihr einen kurzen Seitenblick zu, dann schaute er auf seine Uhr. Ihm ging etwas durch den Kopf: ›Warum auch nicht?‹.

»Ich nehm dich mit!«, sagte er, als hätte er gerade eine Eingebung gehabt. »Ich fahr gerade zu ihm. Mit dem Auto sinds fünf Minuten!«

Sein Wagen, ein wahres Ungetüm von einem Wagen, stand einige Meter entfernt auf dem Gehweg. Es handelte sich um einen luxuriös ausgestatteten *Century* mit einem aggressiven Haifischmaul. Drinnen war alles automatisch, sogar die

Scheiben ließen sich auf einen einfachen Knopfdruck hoch- und runterfahren.

Colette gab sich betont unbeeindruckt und setzte stattdessen wie alle Mädchen, sobald sie ihren Hintern in das Polster eines Luxuswagens drücken, eine blasierte, göttlich naive Miene auf. Sie war hin und weg, schnurrte innerlich: Wenn sie doch nur ein oder zwei Kameradinnen aus dem Lyzeum in diesem Schlitten sehen konnten!

Doch das Lyzeum in Nizza war weit weg. Sie kannte sich ein wenig aus: Sie passierten zunächst den Place de l'Étoile und fuhren dann Richtung Porte Maillot. Das Wetter war schön, und auf den Straßen war es an diesem Sonntagmorgen ruhig – einfach traumhaft!

Godot schwieg. Colette hatte das Gefühl, irgendetwas sagen zu müssen.

»Nicht übel, der Schlitten!«, sagte sie mit Kennermiene.

»Ja, da kann man sich nicht beklagen«, gab sich Godot bescheiden.

Sie erreichten Neuilly. Godot bog nach links in die Rue des Sablons ein und fuhr dann mit gedrosseltem Tempo durch die schmalen Straßen, wobei er aufmerksam in den Rückspiegel schaute. Beruhigt trat er dann wieder auf das Gaspedal und schon waren sie im Bois de Boulogne.

Auf den Wegen hoppelte wie jeden Sonntagmorgen eine Gruppe von Reiterinnen: Verkäuferinnen und kleine Büroangestellte, die sich zusammengetan hatten, um sich ihren wöchentlichen Ausritt leisten zu können. Eine kleine Staubwolke lag von einem kurzen Galopp in der Luft.

Alles war Lust und Heiterkeit und Pracht. Colette sog die Luft tief ein und fühlte sich zu Höherem berufen. Wie anders war das alles, verglichen mit dem üblichen Alltagstrott!

Jos Wagen stand an der Ecke zur Avenue de Longchamp. Der kleine hellgraue Roadster Junior kam Colette nun weit weniger groß vor als tags zuvor.

Jo saß ein paar Meter weiter im Gras, die Füße in die Sonne gestreckt. Die Ärmel seines schräggestreiften Hemdes hatte er hochgekrempelt; er trug eine schwarze Krawatte. Neben ihm lag ein kleiner braunhaariger Mann auf dem Bauch, mit gestutztem Schnurrbart, vor sich eine Zeitung, in der Hand einen Kugelschreiber: Er machte Kreuzworträtsel oder füllte Wettscheine aus.

Jo sah den Buick halten. Seine Miene hellte sich auf, er erhob sich und winkte ihnen kurz zu. Der andere Mann schnellte behend hoch. Sie kamen näher.

»Herr Jo und Herr Fred, meine Mitarbeiter!«, stellte sie Godot kurz vor.

Der als Fred Vorgestellte zog die Augenbrauen hoch, als er Colette erblickte.

»Oh! Was fürn hübsches Püppchen, Herr Godot!«

»Klappe!«

Godot wandte sich ganz freundlich zu Colette.

»Ich setz dich hier ab, Kleine! Jo wird mit dir ein wenig spazieren gehen und dich dann in einer Stunde in der Rue de Bassano absetzen. Ist das okay? – Fred, du kommst mit.«

»Alles klar, Herr Godot!«

Hätte man von Jo verlangt, den Hund Gassi zu führen, hätte er nicht gequälter dreinblicken können. Hinter Colettes Rücken, die gerade ausstieg, warf er Godot ein schiefes Gesicht zu: Musste das sein? – Ganz der gute Kumpel, zwinkerte ihm Riton diskret zu und machte eine auffordernde Handbewegung.

»Und sei ein Gentleman, Jo! Das geht doch klar, oder? Warum schaut ihr euch nicht die Rosen im Bagatelle an!«

Fred grinste anzüglich. Er kam auf Colette zu, als wolle er ihr an den Hintern fassen.

»Darf ich dich mit der Tochter von Frau Maine bekanntmachen?«, fragte ihn Jo sehr weltmännisch.

Augenblicklich hörte Fred auf zu glucksen und nahm eine respektvolle Haltung ein. Nahezu in Habachtstellung streckte er seine Hand aus.

»Sehr erfreut!«

»Auf gehts!«, sagte Godot. »Ich hab keine Zeit mehr! Bis bald, Kleine!«

Fred hatte kaum die Tür hinter sich zugeschlagen, da war der Buick auch schon davongebraust. – Colette war plötzlich allein mit Jo; einen kleinen Moment standen sie sich beide verlegen gegenüber.

»Vielleicht gibts gar keine Rosen mehr im Bagatelle«, sagte Jo schließlich.

»Mir egal!«, antwortete Colette.

Sie fühlte sich ganz komisch und ihr Herz klopfte. Ohne noch zu wissen, wie ihr geschah, fühlte sie, dass sie da in eine nicht ganz alltägliche Geschichte geraten war. – Die Polizei suchte einen Mörder? – Und wenn schon, sie war sich jedenfalls ganz sicher, dass der Mann, der da vor ihr stand, ein Ritter war, ein Held, genauso wie dieser Montmorency, den Richelieu (1627!) hatte köpfen lassen, weil er sich dem Verbot zum Trotz unter den Fenstern des Kardinals duelliert hatte.

Und dabei war er so jung, so einfach, so freundlich – dieser Held! Sie stand auf der Seite aller Duellanten, gegen alle Kardinäle! Sie hätte zu gerne gewusst, wie man 1627 »Nieder mit der Polente!« gerufen hätte, um es stolz herausschreien zu können. Es fehlte nicht viel, und sie hätte ihn um ein Autogramm gebeten, um ihren Mitschülerinnen daheim im Riquier imponieren zu können.

»Ich hab an Sie gedacht«, gestand sie ihm. »Ich hab mich gefragt, ob Sie vielleicht verletzt sind. Wenn Sie die anderen gesehen hätten, in welchem Zustand die waren! Da haben Sie aber volle Pulle draufgehalten!«

»Ich weiß nicht, was Sie meinen!«, sagte Jo verlegen. »Ich schulde Ihnen zwei Himbeereis und einen Telefonanruf.«

»Das ist nicht so eilig!«

Sie schauten sich an. Wie Colette so dastand und ihn anlächelte, taute Jo langsam auf. – Und dann hatte die Kleine ja auch zuviel mitbekommen, als dass man sie so einfach hätte links liegen lassen können.

Er fragte sich, was Godot ihm mit seiner auffordernden Handbewegung wohl hatte sagen wollen. – Jo war absolut kein warmer Bruder, aber Mädchen gegenüber war er nun einmal schüchtern. Sein Kumpel Fred kriegte sie in null Komma nichts mit seinem Geplauder herum, doch er bekam keinen Ton heraus; Plaudern war nicht seine Stärke. Wenn er nicht gerade arbeitete, schlief er lieber.

Manchmal betrank er sich und wachte am nächsten Morgen neben irgendeiner Prostituierten vom mütterlichen Typ auf; freilich hatte er dann immer den Eindruck, dass er eigentlich derjenige war, der sich hatte rumkriegen lassen.

Aber bei einem so jungen Ding fehlten ihm einfach die Worte. Er fand sie begehrenswert, sicher; doch wie sollte er ihr das sagen oder zeigen?

»Schön heute!«, sagte er. »Wie heißen Sie eigentlich?«

»Colette.«

Es folgte ein langes Schweigen. Er wusste schon nicht mehr, was er weiter sagen sollte. Und Colette war einfach nur furchtbar eingeschüchtert. Sie dachte: ›Ein *Killer!* Ein gefährliches Subjekt! Ich sollte eigentlich davonlaufen, mein Gesicht verhüllen, und doch ist er so nett, überhaupt nicht eingebildet‹

»Mensch, das ist ein toller Name!«, sagte Jo schließlich.

›Und so geistreich mit seinen flapsigen Sprüchen, seiner sanften Stimme, seinen schönen, hellen Augen: ganz und gar kein Maulheld. Er hat direkt etwas Trauriges an sich, als hätte er viel gelitten, der arme Junge. – Ich würd ihm so gern zeigen, dass ich ihn nicht verachte. Und dass er sich voll und ganz auf mich verlassen kann!‹

»Schönes Fahrgestell!«, sagte Jo noch, indem er sie anschaute.

Damit hatte er seine Munition endgültig aufgebraucht; ihm fiel absolut nichts mehr ein. Das Beste wäre jetzt, sich in das Auto zu setzen und die PS sprechen zu lassen! Das Geräusch des Motors würde ein Gespräch überflüssig machen.

»Komm, weg von hier! In einer Stunde kommt man ganz schön weit!«

Er hatte ein unglaubliches Reaktionsvermögen, war ein sehr guter Fahrer. Manchmal kommentierte er scharf genommene Kurven mit einem »Ssim«. Oder, wenn ein Auto, das er gerade überholte, nicht gleich Platz machte, stieß er ein: »Dämlack« oder »Besoffener« aus, ohne sich dabei wirklich aufzuregen. – Im Übrigen nahm ihm Colette drei Viertel der Konversation ab, indem sie die Verwünschungen gleich selbst ausstieß.

Als sie beim Tunnel von Saint-Cloud auf die Autobahn fuhren, hielt er es für angebracht, sie über seine Absichten in Kenntnis zu setzen.

»Halt dich fest! Wir gucken jetzt mal, wie lang wir für Rambouillet hin und zurück brauchen. Okay?«

»Okay«, sagte sie ganz begeistert.

VIII

Der Buick Century stand vor Galilée's Bar. Félix stieß die Tür auf, in die kleine rautenförmige Scheiben eingelassen waren, und sah Godot als einzigen Gast im halbdunklen Raum sitzen.

Vor kaum einmal zehn Minuten hatte Godot Fred weggeschickt und mit Maine telefoniert: Er hatte keinen Augenblick ungenutzt verstreichen lassen!

Überschäumend vor Herzlichkeit streckte er Félix nun die Hand hin.

»Setz dich her, mein Guter; Zeit, dass wir uns beide mal ein wenig näher kennenlernen!«

Er rief den Kellner, als ob er hier in seinem eigenen Laden wäre.

»Albert! Einen Scotch für den Herren!«

Die Sitzbänke waren mit Leder bezogen, vor der Theke standen hohe Barhocker und an den Wänden hingen Kunstdrucke mit Hunden und Pferden. Durch und durch gediegen! – Félix war drauf und dran, das für den Gipfel des Luxus zu halten.

Sie wechselten ein paar Worte über Maine und das Badezimmer, dann kam Godot auch gleich zur Sache.

»Bei mir«, begann er, »ist das so: leben und leben lassen! Du hast dich mir gegenüber fair verhalten. Und ich bin nicht undankbar. Falls es da jemanden geben sollte, der dir irgendwie übel mitgespielt hat, nur raus damit! Ich seh zwar ganz harmlos aus, doch ich hab einen langen Arm! Und am Ende des Arms, da sitzt ein verdammt harter Knüppel! – Kannst du mir folgen, Félix?«

Félix nippte an seinem Scotch mit Soda – da war wieder der lange vergessene Geschmack der Malzbonbons seiner Mutter, an denen er als kleiner Junge genussvoll gelutscht hatte.

Nachdem er die Nacht mit einer schönen Frau verbracht hatte, fühlte er sich wie ein ganzer Mann. Und siehe da: Jetzt bekam er auch noch einen Scotch in einer Luxusbar, und man stellte sich ihm mehr oder weniger zur vollen Verfügung. – Da ließ sich doch glatt auch noch der unversöhnlichste Rachedurst vergessen!

»Schon möglich!«, sagte er bloß vorsichtig.

Wenn er es recht bedachte, dann war Godots Entgegenkommen vielleicht nicht ganz so zufällig. Angèle hatte ihm sicher ein, zwei Worte geflüstert. – Er musste wieder an seine gute Janine denken, die mit so vielen anderen hatte sterben müssen, und fühlte sich auf einmal wieder ganz traurig.

Sollte er Godot ins Bild setzen? Der gute Mann schien nur darauf zu warten. Doch obwohl außer ihnen niemand da war, war das doch nicht der rechte Ort dazu. Wer weiß, vielleicht hatten die Wände hier Ohren?

»Sieh mal«, fuhr Godot mit halblauter Stimme fort, »was du da gestern Abend mitbekommen hast, das sind die letzten Zuckungen einer untergehenden Epoche. Die berühmte ›Unterwelt‹, das gibt's heut nicht mehr. Es gibt nur noch Leute wie mich, die vielleicht nicht immer hundertprozentig koschere Geschäfte gemacht haben, dann aber mit dem Segen der Polente zu Geschäftsleuten geworden sind. – Und dann eben noch solche Spezis wie Paconi und Betti, die armen Schweine; Leute, die nichts kapiert haben und immer noch ihre alte Chose durchziehen.«

Godot kam ins Dozieren.

»Mit denen ist es aus! So will es die Evolution, Félix! Die letzte der großen Raubkatzen war René le Comte, der Graf, Maines Mann! Das war kein Normalsterblicher, sondern eine lebende Legende! – Es sind nur noch ein paar wildgewordene Kätzchen übriggeblieben, ohne jedes Format. Sie aus dem Weg räumen, heißt, der Gesellschaft einen Dienst erweisen!«

Er hörte sich gern reden. Und wenn er sich wohlfühlte, trieb es ihn geradezu zu verbalen Höhenflügen. Einmal in seinem Element, hätte man ihn für einen dieser prominenten Herren vom Anwaltsstand halten können, von denen es in Südfrankreich nur so wimmelt. Er flößte Vertrauen ein, obwohl ihm der Schweiß aus allen Poren lief.

»Félix«, sagte er, »du gefällst mir! Wir gehen beide ehrlich unserer Arbeit nach: Wir stehen auf derselben Seite! Und beide müssen wir uns auch gegen Arschlöcher zur Wehr setzen – egal, ob es sich dabei nun um Vertreter einer vom Aussterben bedrohten Spezies handelt oder um Individuen, die Feuer legen, um Geld von der Versicherung zu kassieren!«

Das Bild war gewagt, doch die Anspielung war deutlich.

»Angèle hat dir also was gesteckt!«, sagte Félix.

»War das ein Fehler?«

»In gewissem Sinne, nein!«, sagte Félix bedächtig. »Es sollten bloß nicht zu viele Leute von der Sache erfahren.«

Godot legte ihm freundschaftlich die Hand auf den Arm.

»Na los, mein Guter! Erzähl!«

»Nicht hier!«, sagte Félix.

Godot zückte einen Geldschein, legte ihn schwungvoll auf den Tisch und stand auf.

»Gehen wir!«

Wenige Augenblicke später saßen sie, nun abgeschirmt von der Außenwelt, im Buick.

»Ich hab zwei Männer, die für mich arbeiten«, sagte ihm Godot vertraulich. »Auf ihrem Gebiet sind die einsame Spitze. Außerdem sind sie sauber. Und ich hoffe, dass sie das noch lange bleiben.«

»Sauber?«

»Unbeschriebene Blätter! Nicht eine Vorstrafe! Offiziell sind sie bei mir als Sekretär und Verwalter eingestellt: Steuerlich muss alles immer einwandfrei sein!«

Er fuhr los.

»Mein Verwalter steht dir zur Verfügung, Félix. Das weißt du! Vielleicht kann er etwas für dich tun? – Ich stell nur den Kontakt her, will dir nur ein wenig behilflich sein. Ich bin meinen Freunden gerne behilflich. So bin ich eben! – Alles klar?«

»Alles klar!«

»Es gibt nur eine Bedingung!«, sagte Godot feierlich. »Ich geb mein Okay nur, wenn es um eine gerechte Sache geht, klaro? – Wenn jemand aus dem Weg geräumt werden soll, dann will ich auch den Beweis dafür, dass es ein Arschloch ist! Ich tu dir gern einen Gefallen, Félix, aber ich hab Respekt vor den Mitmenschen!«

»Beweise hab ich mehr als genug«, sagte Félix düster. »Wie viel kostet mich dein Mann?«

»Nichts! Das ist einzig und allein meine Sache!«

»Papperlapapp!«, sagte Félix. »Ich zahle, ich will keine Almosen. Geht das?«

»Wie du willst! Wo wohnt dein Mann?«

Félix schwieg, auf einmal ganz erschrocken, als sollte er den Namen eines zum Tode Verurteilten preisgeben.

»Ich frag ja nur wegen der Fahrtkosten«, bemerkte Godot.

»Er hat eine Wohnung in der Avenue Mac-Mahon«, sagte Félix. »Aber das Beste wär, ihn in seinem Schloss zu schnappen.«

»Seinem – Schloss?«

»Dreißig Kilometer von Vendôme entfernt. Ich will, dass er brennt!«

Seine Finger hatten sich verkrampft, eine Art kalter Hass hatte ihn erfasst. Godot horchte auf und warf ihm einen kurzen Seitenblick zu.

»Sachte, mein Guter!«

Er lenkte den schweren Wagen die Champs-Élysées hinunter.

»Wir sollen ihm aber nicht zufällig seine Nase mit einer rotglühenden Zange rausreißen, oder?«

»Brennen soll er!«, sagte Félix noch einmal voller Groll. »Du kannst das nicht verstehen. Ich hab lange darüber nachgedacht, tagelang, nächtelang. Sämtliche Familien waren als Nebenkläger aufgetreten, und die anderen hab ich auch gesehen: Frauen ohne Mann, Kinder ohne Mutter, die fordern alle schlicht und einfach Gerechtigkeit! – Wir haben Monate gebraucht, um zu begreifen, dass man uns nicht für voll nahm. –

Die Untersuchung? Die Spezialisten? Fehlte nur noch, dass jemand eine Auszeichnung für den tapferen Arbeitgeber forderte, der doch alle Sicherheitsvorkehrungen getroffen hatte. – Bloß dass die Kaufhäuser wie Kamine gebaut waren! Ein einziger Funken unten und alles brannte lichterloh! – Und wer hat denn den Funken ausgelöst? Kurzschluss! Kennst du Herrn Kurzschluss? Ich kann dir sagen, dem kann man eine Menge aufbürden, der hat einen breiten Buckel! Vor allem, wenn man ihn nicht weit von einem Vorrat an Zelluloselack schnappt! Sie haben es nicht gewagt, Benzinkanister hinzustellen; es war aber fast genau so als ob! – Schicksal eben!«

Er redete sich in Rage, Félix. Er hatte die Hände auf die Knie gelegt und sich über das Armaturenbrett gebeugt, die Außenwelt existierte für ihn nicht mehr.

»In Toulon war alles wie am Schnürchen gelaufen! Dort war es keine Farbe, sondern Stroh: die Werkstatt der Schaufensterdekorateure. Dort war es nicht Herr Kurzschluss, sondern Frau Schlechtausgedrücktekippe! Schicksal eben! – Und da versuche mal einer herauszukriegen, was wirklich passiert ist, wenn nur noch verkohlte Balken übrigbleiben und vierzig Leichen, die wie drei Tonnen verbrannte Hähnchen stinken! – Einen ›tragischen Zufall!‹ haben sie das genannt. Sie haben uns den Präfekten vorbeigeschickt, den Minister, die Beerdigung war die reinste Show, mit all den Reden, der Armee – nichts als Theater! – ›Bei Gott!‹, haben sie gebrüllt. ›Wir werden die ganze Wahrheit ans Licht bringen!‹ – Neununddreißig Särge! Die nicht mitgerechnet, die zwei oder drei Tage später im Krankenhaus gestorben sind! Wenn du nicht all die heulenden Männer gesehen hast, die plärrenden Kinder und die Witwen, die reihenweise umgekippt sind, dann kannst du das nicht verstehen, Godot! – Ihn verbrennen, diesen Scheißkerl? Das ist noch viel zu milde! Am liebsten würde ich ihm die Eingeweide rausreißen, würde ihn seine eigenen Augen fressen lassen, ihn von oben bis unten aufschlitzen und Pfeffer reinstreuen! – Nein, Godot, glaub mir! Ich will, dass er brennt, und ich will, dass er weiß, warum!«

Genau wie Maine hatte auch Godot starke Nerven; doch genau wie sie fühlte auch er sich angesichts des heiligen Zorns, den Félix an den Tag legte, unbehaglich. – Wobei er darin auch eher den wiederaufgewärmten Hass eines kleinen Malochers zu erkennen glaubte, dessen Leben stets um dieselben Taten und Gedanken kreist. Einer von denen, die unbedingt einen Schuldigen brauchten! Bis jetzt hatte er ja bloß Tatsachen aneinandergereiht, doch einen Schuldbeweis hatte er noch nicht geliefert.

Godot fuhr ohne festes Ziel, die Gehwege glitten an ihnen vorüber.

»Aber, aber«, sagte er, »immer schön sachte! Wen beschuldigst du?«

»Einen von den ›bessren‹ Leuten!«, sagte Félix. »Einen ehrbaren Greis. Herrn Auguste Coudert de la Taillerie.«

»Einen Adligen?«

»Genauso adlig wie meine Arschbacken! Mit bürgerlichem Namen heißt er ganz einfach nur Coudert. Doch seit fünfzig Jahren hängt er noch zusätzlich den Namen seiner Nobelhütte in Vendôme dran. – Verwaltungsratsmitglied, Mitglied im Generalrat des Departements Loir-et-Cher und so weiter. Die Ehrenlegion, die Auszeichnung für Verdienste im Bildungswesen, den Verdienstorden der Landwirtschaft und andere Klunker hat er sich ans Revers geheftet. Er war geschäftsführender Direktor der *Magasins Modernes,* als sie brannten.«

»Und deiner Meinung nach hat er das Feuer gelegt?«

Godot versuchte erst gar nicht, seine Zweifel zu verbergen. Das fing ja gut an! Es war ihm eigentlich völlig egal, ob ein Coudert oder ein la Taillerie umgelegt werden sollte. Sein wachsender Erfolg trug freilich dazu bei, dass sein Herz eher für die bestehende Ordnung zu schlagen begann. Außerdem war er absolut nicht mit dem kleinen Gefreiten einverstanden, der am Abend einer Niederlage auch noch den Kopf des Generals fordert! Oder, mit anderen Worten: Mord war für ihn kein Problem, sehr wohl aber Sozialneid! – Andererseits musste er sich Félix unbedingt gefällig zeigen, denn der hatte ihn nun einmal in der Hand.

»Du glaubst mir nicht?«, fragte Félix. »Natürlich hat er nicht selbst das Feuer gelegt, das nicht. Aber er hat die Anweisungen gegeben!«

Das konnte ja noch heiter werden!

»Wenn du dir da nur sicher bist«, sagte Godot ohne große Begeisterung. »Du weißt ja in der Sache sicher besser Bescheid als ich.«

»Das ist die Wahrheit«, sagte Félix. »Natürlich habe ich nicht hinter der Tür gestanden, als er die Anweisung gab. Aber so klug wie die bin ich schon lang. Und auch *ich* habe meine Untersuchung geführt!«

Sie hatten gerade die Pont de la Concorde überquert, und Godots Blick fiel auf die sonnenbeschienenen Pappeln am Ufer. Wenn er schon nicht umhin kam, den aufmerksamen Zuhörer zu mimen – so sagte er sich –, dann würde er das doch lieber an der frischen Luft tun. Er bog nach rechts ab und fuhr zur Seine hinunter.

»Und die Untersuchung der Polizei?«, hakte er nach.

»Für die Katz! Die Annahme, dass es mutwillig geschehen sei, wurde schließlich verworfen, und man ging von Materialermüdung bei der Elektrik aus.«

»Alles in allem –«

»Ja«, sagte Félix. »Alles in allem ist es möglich. So hat man es ja schließlich von allen Seiten gehört.«

»Außer von dir!«, sagte Godot, während er aus dem Wagen stieg.

»Außer von mir – und der Zürcher!«

»Wer ist das denn?«

Félix war inzwischen auf der anderen Seite herausgeklettert, und nun standen sie vor der Motorhaube, die Godot unwillkürlich tätschelte.

»Die Versicherungsgesellschaft«, sagte Félix. »Das sind Schweizer, die sind sehr penibel! Sie haben jemand geschickt, der noch einmal alles von vorne aufgerollt hat. Ich glaube, er hat drei Monate damit zugebracht. Er hat sämtliche Überlebenden befragt. Mit den Aussagen der Verkäufer und der Kunden, die die Sache lebend überstanden haben, hat er einen neuen Plan erstellt, ist Etage für Etage, Abteilung für Abteilung durchgegangen. Sein Name war Kuntz. Wir alle haben Vertrauen zu ihm gefasst.«

Die beiden liefen am Ufer entlang, die Hände hinter dem Rücken. Godot begann unwillkürlich aufzuhorchen.

»Eines Tages zeigte sich dann, dass es in der Gleichung eine Unbekannte gab: Gilbert, den Schaufensterdekorateur. Lange war man davon ausgegangen, dass er eine der drei nicht identifizierten Leichen war, doch mit der Untersuchung von Kuntz passte das nicht mehr: Alle Leichen konnten am Ende identifiziert werden – doch von Gilbert keine Spur! Nun hatte Gilbert aber bereits den Brand von Toulon überlebt, wo er im kleinen Raum der Schaufensterdekorateure gearbeitet hatte, ganz in der Nähe von der Stelle, wo das Feuer angeblich schon die ganze Nacht über geschwelt hatte.«

»Er könnte also derjenige gewesen sein, welcher … ?«

»Sogar mit an Sicherheit grenzender Wahrscheinlichkeit«, sagte Félix. »Es gibt da nur ein störendes Detail, und zwar, dass niemand Gilbert am Tag des Feuers im Kaufhaus gesehen hat, da er sich tags zuvor hatte krankschreiben lassen. – Langweil ich dich?«

»Mach nur weiter!«

»Seine Familie hatte sein Verschwinden gemeldet. Seine Frau hat erklärt, dass er am Tag vor dem Feuer Überstunden gemacht hatte und nicht nach Hause gekommen war. – Später hat sie eine der Leichen dann als seine identifiziert, aber wirklich erst im allerletzten Augenblick und ohne große Überzeugung. – Interessiert dich das?«

»Geh mal davon aus!«, erwiderte Godot. »Allerdings ist mir immer noch nicht klar, was dein Soundsodingsbums de la Tannerie mit der Sache zu tun hat!«

»Dazu komm ich jetzt!«, sagte Félix. »Wenn es dich wirklich interessiert, dann kann ich es dir erklären. Ich bin nicht erst seit gestern in Paris, sondern seit vorgestern. Und mein Mittagessen gestern hab ich mit Frau Gilbert in Clamart zu mir genommen. Und wenn du wissen willst, wo ich den gestrigen Abend verbracht hab: bei unserem allseits geschätzten Herrn Kuntz in Poissy.«

»Poissy?«

»Ja. Aber nicht im Zuchthaus, sondern in einer sehr komfortablen Villa. Ich bin mit beiden heute verabredet. Wenn du mit mir kommen willst, dann kann ich mir die Wegbeschreibung sparen.«

»Poissy ist kein Problem«, sagte Godot. »Ich wollte sowieso mit euch allen nach Saint-Germain-en-Laye essen gehen. Das ist ja gleich um die Ecke.«

»Ich würd vorher eigentlich gern zu Frau Gilbert gehen. Denn wenn ich wieder zu Kuntz komme, käm es mir nicht ungelegen, wenn ich von dir schon einen Leibwächter hätte!«

Godot hatte nichts Besseres vor – und außerdem war es ihm völlig egal, ob nun Dingsbums de la Sonnerie seine eigenen Kaufhäuser in Brand gesteckt hatte oder nicht. Er war ein Sanguiniker, der sich wunderbar in seine Wut hineinsteigern konnte, der aber wie alle nur vermeintlichen Choleriker seine Nerven, Triebe und Gefühlsregungen völlig unter Kontrolle hatte. Leute mit schwachen Nerven und Tobsüchtige konnte er nicht ausstehen. Einem bedächtigen Kraftbolzen, dem das Blut nicht gleich hochkochte und der einen zähen Willen besaß, konnte er dagegen durchaus Achtung entgegenbringen.

Und da sollte er sich für Félix ein Bein ausreißen? Der spielte in einer ganz anderen Liga! Was bildete der sich denn ein, diese ungeschlachte Malochertype? Dass er Zeit en masse hätte, um sich um sein zartes Gewissen zu kümmern? – Ha! Ha! – Wirklich zu komisch! Als ob er nichts Besseres zu tun hätte! Wo doch wahrscheinlich gerade jetzt zwei kleine Korsen auf Blutrache machten, durch die Straßen zogen und nichts anderes im Kopf hatten, als den Tod von Betti und Paconi zu rächen!

Godot legte Félix gönnerhaft seine Hand auf den Arm, gab sich überlegen. Ausweichend sagte er:

»Mal sehen, mein Guter!«

IX

Luccioni und Tonio hatten sich Bier hochbringen lassen.

Bei Paconis Bar brauchten sie gar nicht erst aufzukreuzen, dort wimmelte es nur so von verdeckten Ermittlern.

Ihre Zukunft sah düster aus; ihre Ehre stand auf dem Spiel. Seit dem Vortag wälzten sie nur noch trübe Gedanken. Paconi und Betti waren erschossen worden, und sie irrten wie zwei arme Seelen umher, fühlten sich wie Tote auf Abruf.

Sie befanden sich in einem schrecklichen Dilemma! Entweder war ihnen die Godot-Bande auf den Fersen und sie würden sich früher oder später einem Schlagabtausch stellen müssen – oder man ließ sie, Versager, die sie waren, einfach links liegen. Wenn sie nicht reagierten, wären sie ihren Ruf in achtundvierzig Stunden los.

Es war auch sinnlos, von Godot gutes Wetter zu erbitten und bei ihm noch mal von ganz unten anzufangen! Sie hatten Hand an Maine gelegt: Das war eine Todsünde! Einfach unentschuldbar! Dieses alte Aas galt als knallhart! Solange sie lebte, würden sie in ihrem Metier kein Bein mehr auf den Boden kriegen!

Als wäre das nicht genug, gab es da noch das Paket da, das seit gestern in ein Wachstuch gehüllt die Rückbank des Citroën 15/6 einnahm. Das war dieser Blödmann von Annibal als Leiche, die Brust infolge eines leicht forcierten Verhörs mit Zigarettenkippen versengt.

Würde ihn die Polizei jemals finden, dann ade du schöne Welt!

Sich aus dem Staub machen? Aber sie hatten ja keinen roten Heller. Hätten sie sämtliche Schubladen durchwühlt, hätten sie gerade einmal so viel gefunden, dass es für ein verlängertes Wochenende gereicht hätte; das war bei weitem zu wenig, um sich aus dem Gedächtnis der Mitmenschen zu schreiben.

Den allerletzten Joker hatten sie heute früh ausgespielt, als sie die Nummer von »Herrn Bernard« angerufen hatten. Doch leider: Herr Bernard war nicht da! – Man hatte den schönen Luc gebeten, seine Nummer zu hinterlassen: Das gab natürlich kaum Anlass zu verstärkter Hoffnung!

Was also tun? Sich im *Faisan Noir* zeigen, bei Godot? Das hieß, die Flucht nach vorne antreten, das reinste Himmelfahrtskommando. – Noch mal auf Maine setzen und einen neuen Kidnappingversuch starten? Dazu war eine lange Vorbereitung nötig. Sich Zutritt zur Wohnung in der Rue de Bassano zu verschaffen, konnten sie sich aus dem Kopf schlagen: Dort wurde sicher alles flächendeckend von der Polizei überwacht. Und wenn diese Herrschaften unterwegs waren, war das wie bei einer Panzerdivision: Die Geschütze waren immer dabei!

Ein scharrendes Geräusch an der Tür ließ sie aufspringen. Sie griffen schon nach ihren Waffen, doch die Stimme von Maria beruhigte sie.

»Herr Luc! Jemand am Telefon für Sie!«

Das Telefon stand gleich unten an der Treppe auf einem staubigen Ablagebrett.

Luc nahm den Hörer: Herr Bernard war am anderen Ende der Leitung; seine Stimme klang barsch und er schien es eilig zu haben – ganz eilig:

»Was wollen Sie von mir?«

Vor mächtigen Herren fühlte sich Luc immer ganz klein.

»Herr Bernard, Sie hatten mir ja gesagt, dass, falls wir eines Tages Probleme hätten –

»Probleme –« (Vom anderen Ende der Leitung klang es wie Hohnlachen.) »Was für Probleme? – Nerven Sie mich nicht! Jeder hat ein Recht auf seinen Sonntag! Ich zum Beispiel geh nachher mit meinem Hund im Bois de Boulogne Gassi! Direkt an der Bootsanlegestelle, am See! Tschüs! «

Und damit hatte er auch schon aufgelegt; doch der Wink war deutlich genug!

Den Citroën 15/6 mit seiner sperrigen Ladung hatten sie natürlich nicht nehmen können. Sie hatten an der Straßenecke ein Taxi genommen: Zwanzig Minuten später waren sie im Bois de Boulogne.

Es war Sonntag und viele Boote schaukelten auf dem Wasser. Von ringsherum klang das Knattern der Mopeds über den See.

Sie sahen Herrn Bernard am Ufer stehen, einen Windhund mit arrogant erhobener Schnauze an der Leine.

Bernard musterte sie, als sie auf ihn zukamen. Er war in Hemdsärmeln und trug Hosenträger. Eine Pfeife steckte in seinem Mund, und ab und zu spuckte er auf den Weg. Mit seinem roten Gesicht, den flach hingeklatschten Haaren, den Fettwülsten im Nacken und dem mächtigen Bauch, der in einer Hose aus grauem Serge steckte, hatte er sicher nicht vor, für ein Modemagazin zu posieren.

Er schüttelte ihnen nicht die Hand, lächelte nicht, streichelte bloß das Tier, das die Fremden anknurrte.

»Ihr wollt mich also erpressen?«

»Darum gehts nicht, Herr Bernard!«, beruhigte ihn sogleich der schöne Luc. »Wir stecken einfach in der Patsche, da haben wir an Sie gedacht.«

»Welche Patsche?«

»Da sind welche hinter uns her. Wir müssen raus aus Paris.«

»Und was geht mich das an?«

Er sah nicht unbedingt so aus, als wolle er den Retter in der Not spielen.

»Wir haben uns immer korrekt verhalten, Herr Bernard!«, sagte der schöne Luc. »Seit drei Jahren haben Sie nichts von uns gehört! Es handelt sich wirklich um einen Notfall!«

Drei Jahre schon!

Tonio hörte schweigend zu, er war nicht für das Sprechen zuständig. Drei Jahre waren also schon vergangen! Wie die Zeit raste!

Damals hing er mit seinem Freund Luccioni in Nizza ab – die Dinge liefen nicht besonders gut. Sie waren mit der Planche-Bande aneinandergeraten: Luc wurde mit einem Hals voll Narben aus dem Krankenhaus entlassen. Sie hatten zwar eine Menge Tabak geschmuggelt gehabt, mussten dann aber feststellen, dass sie sich nicht einmal mehr eine Schachtel Gauloises leisten konnten! – Da war der Vorschlag von Herrn Bernard gerade recht gekommen! Er hatte sich bei Luc gemeldet und ihnen einen Job angeboten.

Und dieser Job war alles andere als kompliziert gewesen! Nichts war dem Zufall überlassen, alles bis auf die Minute genau geplant. Seine, Tonios, Aufgabe war es gewesen, den Wagen in der Rue de la Buffa zu klauen. Um vier Uhr zehn hatte er mit Luc in Saint-Maurice, direkt an der Einfahrt zur Gartenstadt, in sicherer Entfernung gewartet. – Um fünf Uhr, kurz vor Sonnenaufgang, hatte ein Peugeot 203 fünfzig Meter vor ihnen gehalten. Herr Bernard war mit einem Mann, der einen Koffer trug, ausgestiegen; er hatte ihm die Hand geschüttelt, hatte sich wieder an das Steuer gesetzt und war umgedreht.

Da hatte Tonio den Motor gestartet, und als sie an dem Mann mit dem Koffer, der auf eine Allee zulief, vorbeigefahren waren, hatten sie gefragt:

»Entschuldigen Sie bitte! Nach ...?«

Sie hatten ihm unversehens einen Schlag mit dem Gummiknüppel verpasst; es folgten weitere Schläge, die gedämpft im Morgengrauen verhallten. Er hatte nicht einmal Zeit umzufallen. Schon hatten sie ihn auf die Rückbank gelegt, und Luc hatte den Koffer geöffnet: Er quoll über vor Banknoten! Mindestens drei Millionen!

Der Peugeot 203 hatte hundertfünfzig Meter weiter gewartet. Sie hatten die Beute schnell aufgeteilt. Ganz weltmännisch hatte Herr Bernard, ohne mit der Wimper zu zucken, die Hälfte der Scheine für sich eingesackt. Dann hatte er die Taschen des Mannes durchsucht und die Ausweispapiere an sich genommen. – Mit den Worten: »Ihr denkt ja dran, ihn auszuziehen und ihm die Fresse einzuschlagen!« hatte er sich von ihnen verabschiedet.

Sie hatten einfach nur den Anweisungen folgen müssen: die Steine, der Brunnen an der Grenze zum Haut Var, hundert Kilometer von dort entfernt! – Der Kerl war nicht wieder zu Bewusstsein gekommen. Um sicherzugehen, hatten sie ihm den Schädel eingeschlagen, bevor sie ihn unter die Erde geschickt hatten; in einiger Entfernung hatten sie dann, während die Sonne schon hoch am Himmel stand, seine Kleider mit Benzin übergossen und verbrannt. – Auf der Rückfahrt hatten sie den Wagen in einer Straße in Grasse abgestellt und waren mit dem Bus nach Nizza zurückgefahren.

Hatte vielleicht jemand ihre Abwesenheit bemerkt? – I wo! Fortuna hatte es außerordentlich gut mit ihnen gemeint: Ganz Nizza sprach an diesem Tag von nichts anderem als von einem Feuer, das seit dem Morgen irgendwo in der Stadt wütete!

Drei Jahre war das alles jetzt schon her! – Ein richtig toller Coup! Der beste ihrer Karriere!

Doch heute sah Herr Bernard nicht gerade so aus, als spiele er mit dem Gedanken, eine Arbeitsagentur zu eröffnen. Er gab sich entschieden reserviert, argwöhnisch. Er hatte ja auch von Erpressung gesprochen, als hätte er da so seine Befürchtungen.

»Was wollt ihr also, na? Nur raus damit! Mir könnt ihr ruhig alles sagen!«

Er schlug sich an die Brust.

»Da steh ich ja, oder nicht? Da vor euch!«

Es hatte eine Weile gedauert, bis sie ihn davon überzeugen konnten, dass sie nicht vorhatten, auf das Vergangene zurückzukommen. – Die Sache in Nizza? Aber nein, sie hatten nie versucht, daraus zusätzliches Kapital zu schlagen. Sie hatten durchaus begriffen, dass Herr Bernard nicht von seinem »Kunden« wiedererkannt werden wollte und damit genug! Sie wollten ihm absolut nicht in sein Handwerk pfuschen; das er im Übrigen hervorragend beherrschte!

»Das hör ich schon lieber!«, hatte Bernard schließlich eingeräumt. »Doch was erwartet ihr von mir? Eure kleinen Händel unter Korsen gehen mich nichts an!«

»Wir hätten damals weitermachen sollen, wo wir so schön in Schwung waren«, sagte Luc mit Bedauern in der Stimme. »Wir drei wären gute Geschäftspartner, da würd was dabei rauskommen!«

Bernard machte eine unbestimmte Handbewegung. Bei dem kam sicher genug raus! Immerhin sagte er nicht nein. Er schaute sie an, überlegte, wie er sie wohl einsetzen könnte.

»Was braucht ihr denn fürs erste? Ein Versteck? – Damit kann ich euch vielleicht dienen. Meine Villa in Ormesson! Dort könnt ihr ein paar Tage ungestört bleiben. – Danach werden wir sehen, ob sich da was machen lässt.«

Tonio betrachtete ihn aus den Augenwinkeln heraus. Herr Bernard war wirklich das blühende Leben! Er sah wie ein Polizist aus mit seinem ausrasierten Nacken, der feisten Wampe, dem breiten Hintern, der feisten Gestalt, den Schweißflecken unter den Hosenträgern: Er strotzte nur so vor Gesundheit, der Mann!

Ein Polizist oder aber – aber ja doch! Die schwarzen Schuhe, die Krawatte, das weiße Hemd und die Hosenträger, die Hose aus grauem Serge, die Jacke, die wahrscheinlich fein säuberlich zusammengelegt im Wagen lag, und die Stirn, die, unten rot, oben bleich, den Abdruck eines Käppis, oder auch einer einfachen Mütze, trug: ein Privatchauffeur, der Herr Bernard!

Tonio zog auf einmal interessiert die Augenbrauen hoch. Vielleicht an einer neuen Sache, Herr Bernard? Es sei denn, dass – ?

Es sei denn, dass sie da vor drei Jahren für den kleinen Angestellten eines großen Tiers, das diskret im Hintergrund geblieben war, gearbeitet hatten?

Während sich sein Blick in der Ferne verlor, legte sich seine Stirn in nachdenkliche Falten.

X

Godot fuhr schnell.

Während er durch den Wald von Saint-Germain-en-Laye fuhr, lavierte er geschickt zwischen den Celtas und Peugeots 201 mit sonntäglich gekleideten Menschen am Steuer hindurch. Auf dem Rasen hatten es sich Familien bequem gemacht, es wurde Ball gespielt, auf dem Radweg zwischen Saint-Germain und Poissy schienen ganze Divisionen von Kinderwägen vorzurücken.

Auf der Anhöhe gleich am Ausgang des Waldes erblickten sie die Villa von Kuntz. Godot parkte seinen Wagen zweihundert Meter weiter und kam zu Fuß mit Félix zurück. Seine Stimmung war nicht die beste.

»Ich verlier meine Zeit, Félix!«, sagte er schulmeisterlich. »Klar geh ich mit zu dem Mann, um mir nachher keine Vorwürfe machen zu müssen; doch eine Ewigkeit bleiben wir da nicht, was, Félix?«

Es war eine schöne Wohngegend. Von hier fiel der Blick auf eine Schleife der Seine; die Morgennebel stiegen sicher nicht bis hier herauf. Godot betrachtete die Villen mit Kennerblick. Die, die hier wohnten, hatten ganz schön was investiert!

»Reden wir Klartext, Félix! Was willst du mir beweisen? Dass der Rechtsexperte von der Zürcher sich von Coudert hat kaufen lassen?«

»Genau das! Kuntz hatte die Wahrheit in Händen und hat sie nur gegen einen hohen Preis wieder hergegeben!«

»Das ist deine Meinung, oder?«

»Kuntz ist jetzt vierzig Jahre alt. Vor zwanzig Jahren hat er angefangen und in zwanzig Jahren geht er in Rente. In der Zürcher hatte er zwar eine gute Stellung; doch die Schweizer waren in Sachen Gehalt eher zurückhaltend. In dem Moment, wo alle geglaubt haben, er sei am Ziel, ist er plötzlich umgeschwenkt und hat sich auf die Ergebnisse der polizeilichen Untersuchung einschwören lassen. Das Verfahren wurde eingestellt! – Zwei Monate später hat er die Zürcher verlassen und trat als Prokurist in die Bank für Industrie- und Handelsinvestitionen ein.«

»Was fürn Name!«

»Dieser Name ist drei oder vier Milliarden wert: Investitionen in Kaufhäusern und hunderte von kleinen Klitschen! Und wer sitzt wohl im Vorstand der BIHI?«

»Dingsbums de la Couderie?«

»Genau: Auguste Coudert de la Taillerie! Mit seinen ganzen Auszeichnungen! Du brauchst nur mal das Bankenjahrbuch aufschlagen, dort kannst du alles genau nachlesen!«

Die Villa war jetzt nur noch fünfzig Meter von ihnen entfernt. Godot blieb stehen.

»Du scheinst ja so einiges darüber zu wissen, Félix!«

»Seit Monaten beschäftige ich mich mit nichts andrem mehr!«

»Okay!«, sagte Godot, der sich nun nicht mehr so sicher schien. »Ich nehme an, du bist nicht der einzige, der diesen Zusammenhang sieht?«

»Frau Gilbert hat ihn auch gesehen. Ihr war er geradezu ins Auge gesprungen. Um die Polizei auch zu informieren, hat sie einen tollen Brief geschrieben.«

»Und die hat ihn auch gleich entsorgt?«

»Im Gegenteil! – Die hat ihn aufmerksam gelesen! Und hat die gute Frau Gilbert auch gleich kommen lassen, um ihr mitzuteilen, dass man die ›schmerzlichen Umstände‹ sehr wohl verstehe, sie aber völlig falsch liege! Sie solle das ganze nur ja nicht an die große Glocke hängen, denn es gebe nicht umsonst Gesetze gegen üble Nachrede!«

»Und die haben nicht einmal eine Untersuchung gemacht?«

»Und ob! Aber sie wollen herausgefunden haben, dass beim Eintritt von Kuntz in die Bank für Investitionen alles mit rechten Dingen zugegangen ist, dass Coudert keinerlei Druck auf die Geschäftsführung ausgeübt hat und sogar, dass – und das ist das Allerschönste! – er über die Einstellung dieses Prokuristen nicht informiert war!«

»Verstehe! – Und dieses Pöstchen bringt so im Schnitt wie viel ein?«

»Drei, vier Millionen jährlich.«

»Donnerwetter!«, sagte Godot. »Ich kann meine Männer nicht so großzügig entlohnen! – Und was sagt dieser Kuntz dazu?«

»Er plädiert auf nicht schuldig! – Zuerst wollte er mich davonjagen; am Ende hat er drei Viertel des Abends damit verbracht, mir unter Berufung auf die Akten zu erklären, dass er sein Möglichstes getan hat und er nicht einfach Beweise erfinden kann, wenn es keine gibt!«

»Gut!«, sagte Godot. »Und darauf hast du ihm erklärt, dass du ihm weiterhin auf den Fersen bleibst?«

»Ich hab ihn am Revers seiner Jacke gepackt und ihm gesagt, dass er früher oder später mit der Wahrheit schon noch rausrücken würde.«

»Und da hat er dann damit gedroht, die Polizei zu verständigen?«

»Du errätst aber auch alles!«

»Aber er hat es nicht gemacht?«

»Nicht, solange ich da war!«

»Also hat er es später auch nicht gemacht!«, sagte Godot. »Ich bedaure es schon weniger, mitgekommen zu sein, Félix. Da darf man nicht lockerlassen. Du hast ganz recht!«

Entschlossen ging er weiter.

»Auf in den Kampf, Kumpel! Nenn mich Dupont. Ich bin dein Rechtsexperte. Was die Artikel des Strafgesetzbuchs angeht, da macht mir niemand was vor! – Oder besser: Sprich mich mit Herr Anwalt an; das wirkt seriöser!«

Sie kamen an das Gartentor. Villa Chronos! – Meine Herren! Ganz schön dick aufgetragen! Noch einer, der dem Pünktlichkeitswahn verfallen war!

Es gab ein kleines und ein großes Tor; das kleine ging jetzt auf. Ein nicht sehr großes, abweisend dreinblickendes Dienstmädchen fragte sie mit einem ganz leichten Waadtländer Akzent: »Sie wünschen?«

»Ist Herr Kuntz da?«

»Ja! – Das heißt, ich geh mal nachsehen!«

Sie ließ sie eintreten. In dem kleinen Garten vor der Treppe des Hauses stand tatsächlich eine Statue aus Bronze mit knielangem Bart und einer Sense über der Schulter, die Kronos darstellte.

»Tolles Ambiente!«, murmelte Godot.

Das Gebäude war nicht neu und strahlte mit seinen bauchigen Balkonen und der Patina auf den Dachrinnen den überladenen, altmodischen Charme der Zeit vor dem ersten Weltkrieg aus.

Im Salon, den sie nun betraten, war es trotz des schönen Julitages finster. Draußen waren die Bäume des kleinen Parks zu sehen, die anscheinend schon lange niemand mehr geschnitten hatte. Den einfachen Möbeln war das Alter anzusehen. Eine kupferne Stehlampe lenkte mit ihrem riesigen roten Lampenschirm die Blicke auf sich. Die Einrichtung war weder luxuriös noch geschmackvoll, eigentlich ziemlich enttäuschend.

»Wen darf ich melden?«, fragte das Dienstmädchen.

Sie hatten keine Zeit mehr für eine Antwort: Kuntz kam schon durch die Tür am anderen Ende des Zimmers. Er war klein von Statur, sein Gesicht strahlte Ehrgeiz aus; man wusste nicht so recht, ob er mürrisch war oder cholerisch veranlagt. Jedenfalls war er alles andere als erfreut!

»Oh nein! Soll das denn noch lange so weitergehen?«

»Ich hatte Sie gewarnt«, sagte Félix. »Ich bin hartnäckig!«

Kuntz bedeutete dem Dienstmädchen, den Raum zu verlassen.

»Wir haben bereits alles besprochen, Herr Seguin!«

Godot musterte den kleinen Mann mit dem eckigen Gesicht. Er war grau und hohläugig, wie jemand, der nicht gut schläft. Er presste die Hände gegeneinander, als wolle er ein Zittern verbergen. Noch schien er standzuhalten, doch das war nur Schau: Da war keine Substanz mehr, nur noch Fassade. Er sah aus wie ein Marathonläufer bei Kilometer neununddreißig: Ein schwacher Windstoß und er würde umfallen!

»Jetzt gehts erst richtig los!«, sagte Félix. »Sie wissen, was ich will?«

Angriffslustig wandte sich Kuntz an Godot.

»Und wer sind Sie? In diesem Haus scheint jeder ein- und auszugehen, wies ihm gerade passt!«

»Herr Rechtsanwalt Godot!«, stellte ihn Félix übereilt vor. »Äh –«

Er wollte sich verbessern, doch Godot übernahm das schon selbst. Er dachte an eine Straße, wo er einmal eine Frau gekannt hatte.

»Rechtsanwalt Godot de Mauroy. Sagt Ihnen mein Name etwas?«

›Dieser verdammte Hornochse von Félix!‹, dachte er verärgert. ›Der stellt mich schon mit seiner ersten Antwort bloß! Wenn der andere den Schwindel wittert, dann können wir gleich einpacken!‹

Doch das Ganze war so dick aufgetragen und Kuntz in einem solchen Tran, dass er nicht den leisesten Verdacht schöpfte. Er schien nur noch flach und stoßweise zu atmen und sagte sich: ›Aber ja, sicher, den hab ich schon mal gehört.‹ – Er nickte leicht mit dem Kopf, was als angedeutete Höflichkeitsbezeigung durchgehen konnte.

»Mein Mandant«, fuhr Godot fort, »hat mich gebeten, diesem Gespräch beizuwohnen. Ich war der Meinung, wir würden erwartet.«

Schauspieler durch und durch setzte er nun seine vornehmste Miene auf; seine Stimme klang tief und volltönend. Er strahlte Selbstbewusstsein aus und war gut gekleidet. Er machte Eindruck.

»Sie kommen im Gegenteil eher unerwartet!«, sagte Kuntz.

Er versuchte seinen Worten Gewicht zu verleihen, doch es gelang ihm nicht. Seine Wangen schienen durch die Blässe noch hohler, und er knetete noch immer seine Hände, als ob er sie zu Marshmallowpaste verarbeiten wolle.

»Wir werden uns kurz fassen!«, sagte Godot mit Nachdruck.

Wie immer dachte er schnell; und plötzlich interessierte ihn diese Partie! Da gab es Geld zu holen! Viel Geld! Dieser Kuntz war ganz klar am Ende. Er war sich sehr schlau vorgekommen, als er sich über Wert kaufen ließ. Jetzt war er schon ganz wurmstichig: Nur ein wenig geschüttelt, und er würde herunterfallen! Ihn zu erpressen machte allerdings keinen Sinn. Er war nicht mal drei Millionen im Jahr wert! – Doch hatte man ihn erst in der Hand, dann vielleicht auch bald Coudert de la Taillerie, der sicher noch von ganz anderem Kaliber war! – Ihn – durch ein Feuer – kaltzustellen, das war typisch Félix; doch nur ein Idiot, Idealist und Tölpel konnte auf so eine Idee verfallen! – Natürlich kam das überhaupt nicht in Frage!

»Na ja!«, fing er an. »Zu recht oder zu unrecht glaubt Herr Seguin, dass Sie im Besitz gewisser Beweise sind oder doch zumindest …«

»Zu unrecht«, fiel Kuntz ihm in das Wort.

» … oder doch zumindest starke Verdachtsmomente gegen eine Person vorliegen, deren Namen wir nicht nennen wollen.«

»Das stimmt nicht, das ist eine Verleumdung!«, brach es aus Kuntz heraus.

Unaufgefordert setzte sich Godot in einen verschlissenen Sessel, über den notdürftig eine glitzernde Wolldecke gelegt war; nichts war besonders solide in der Villa Chronos. Félix zog einen Stuhl heran und ließ sich darauf nieder. Kuntz blieb als einziger stehen – in seinen eigenen vier Wänden. Wenn er nicht gleich die Polizei rief, würde er es niemals tun!

»Unterhalten wir uns ein bisschen«, sagte Godot jovial. »Ihnen kann man nichts anhaben, Kuntz. Ich geh mal davon aus, dass Sie die Gesetze gut genug kennen und wissen, dass Sie keinerlei Risiko eingehen. Soweit ich weiß, gibt es kein Gesetz, das die Eröffnung eines Ermittlungsverfahrens wegen Falschaussage außerhalb der Gerichte vorsieht? Und

Artikel 62 des Strafgesetzbuchs sieht – unterbrechen Sie mich, wenn ich mich irre – gerade einmal eine Freiheitsstrafe zwischen einem Monat und drei Jahren für denjenigen vor, der in Kenntnis einer vollendeten Straftat nicht umgehend die Verwaltungs- oder die Justizbehörden benachrichtigt. Und noch dazu muss der Verdacht gegeben sein, dass der Schuldige weitere Verbrechen begehen könnte! Das ist doch ziemlich genau der Wortlaut, nicht?«

»Ziemlich«, antworte Kuntz. »Doch was hat das mit mir zu tun?«

Auf seinem Stuhl dämmerte es Félix so langsam, dass sein Freund Godot ganz schön was auf dem Kasten hatte. Er hätte niemals gedacht, dass Godot das Strafgesetzbuch genauso gut kannte wie ein Pfarrer sein Brevier! Ohne die richtigen Werkzeuge kann man eben nicht arbeiten!

»Zur Erinnerung noch Artikel 61«, fuhr Godot fort. »Jemand, der einen Straftäter vor Inhaftierung oder vor Ermittlungen geschützt hat, kommt genauso glimpflich davon. Ja, die Eltern und angeheirateten Verwandten des Straftäters bleiben von der Strafverfolgung voll und ganz ausgeschlossen, und zwar bis ins vierte Glied. Trifft das hinsichtlich einer gewissen Person, deren Namen wir nicht nennen, auch auf Sie zu?«

Kuntz sagte kein Wort. An seinen Schläfen traten die Adern hervor. Er war ganz grau geworden und sein linkes Augenlid zuckte.

»Doch«, sagte Godot, »wenn ein neuer Tatbestand auftritt und es zu einem Prozess kommt oder auch bloß zur Wiederaufnahme der Ermittlungen, weise ich Sie darauf hin, dass Artikel 364 …«

»Ja«, sagte Kuntz plötzlich sehr kalt. »Darauf steht Zuchthaus! Und was weiter?«

Godot schwitzte gewaltig. Eine imposante Erscheinung! Er war jetzt ganz ernst, hatte jegliche Jovialität abgelegt. Er war jetzt ganz der Geschäftsmann! – Die starre Haltung von Kuntz beunruhigte ihn nicht im Geringsten; er fühlte, dass dieser völlig in seiner Hand war. Diese ganzen Artikel, die er aus dem Strafgesetzbuch zitiert hatte, das war reiner Bluff! Einfach, um ihm zu zeigen, dass er eine Autorität vor sich hatte, jemand mit Schneid, mit Köpfchen! Es war nicht so wichtig, was genau er gesagt hatte bei diesem ersten Schlagabtausch; dieser Kuntz war jedenfalls drauf und dran einzuknicken. – Félix musste ihn sich vorletzte Nacht schon ernsthaft zur Brust genommen haben!

»Nun«, sagte er, »bei vierzig Toten kommt einiges zusammen für einen Nebenkläger. Und der Rechtsanwalt, der sich mit der Sache befassen würde, käme vielleicht auch ganz schön teuer. Und vielleicht würde er, anstatt gegenüber dem ehemaligen Ermittler der Zürcher auf Zuchthaus zu plädieren, lieber mit ihm noch einmal die Untersuchungsakten durchgehen und auch jene Dokumente, die unmittelbar einen gewissen Herrn belasten, äh –«

»Coudert de la Taillerie!«, ergänzte Félix. »Er hat das Feuer durch Gilbert legen lassen; dann hat er Gilbert beseitigt! Sie wissen das, Kuntz! Geben Sie's also auch zu!«

»Das ist eine fixe Idee!«, sagte Kuntz mit einem dünnen Lachen, das wie das Geräusch einer Feile auf einem Stück Blech klang. »Ist es denn meine Schuld, wenn Herr Coudert de la Taillerie im Vorstand des Unternehmens sitzt, das mich dann eingestellt hatte? Wenn ich etwas wüsste, hätte ich es gesagt! Ich verwahre mich gegen Ihre Unterstellungen!«

»Unterstellungen!«, rief Félix außer sich. »Unterstellungen! Nicht frech werden, mein Guter, was! Ich sag dir geradeheraus: Du bist nichts als ne blöde Sau! Unterstellungen, von wegen!«

Godot hob beschwichtigend die Hand.

»Lassen Sie es gut sein, Herr Seguin. Wir werden uns ganz sicher noch einig werden!«

»Ich hab immer ein anständiges Leben geführt!«, protestierte Kuntz.

Er war den Tränen nahe, begann sich und sein Schicksal ernsthaft zu bedauern: Er stand kurz vor dem K.o.!

»Reden wir einmal über die Sache Gilbert!«, fuhr Godot

immer noch ganz ruhig fort. »Da war doch was mit diesem Gilbert, oder, Herr Kuntz?«

Félix bewunderte Godot immer mehr, der eigentlich absolut nichts wusste und doch so tat, als wisse er über alles bis in das Letzte Bescheid. Ein richtiger Untersuchungsrichter!

»Gilbert?«, nahm Kuntz das Wort auf. » Kurze Zeit schien es mir –. Ich erinnere mich in der Tat: Da war etwas nicht ganz klar. Die Kommissare vom Dezernat neun dachten dasselbe. – Doch all das hat sich dann nicht bestätigt! – Was wollen Sie also noch? – Warum gehen Sie nicht mal zu den Polizeibehörden und machen denen die Hölle heiß? Das wär doch mal lustig! – Ha, ha!«

Sein Lachen wirkte gezwungen! Félix stand auf und schlug auf ein kleines rundes Tischchen.

»Kuntz, Sie wissen mehr als die Polizei! Sie müssen es sagen! – Ich hab meine Frau bei dem Brand verloren! Andere ihre Mutter, ihre Kinder! – Herrgott noch mal, Kuntz! Vierzig Tote! Hast du denn keinen Mumm! Bereitet dir das keine schlaflosen Nächte? – Bist du Manns genug, mir ins Gesicht zu sehen? – Was? – Schau mich gefälligst an!«

Er hatte ihn bei den Armen gepackt, schüttelte ihn. Der andere reagierte nicht: ein gebrochener Mann. Godot trat dazwischen.

»Sachte! – Nur nichts überstürzen! – Ich bin mir sicher, dass uns Herr Kuntz alles von selbst erzählen wird – Nicht wahr?«

»Es reicht jetzt!«, sagte Kuntz sehr düster. »Ich möchte Sie bitten, mich jetzt allein zu lassen!«

Godot verzog das Gesicht. Noch nie hatte Kuntz so elend ausgesehen, seine Stimme war kaum noch hörbar. Doch Godot konnte darin eine völlige, absolute Entschlossenheit heraushören. – Und plötzlich wurde ihm klar, dass Kuntz niemals reden würde!

Mit Zwang würde man jetzt jedenfalls nichts bei ihm erreichen. Durch seine Schuld, oder die von Félix, hatten sie den Einstieg vermasselt. – Ihm die Fresse polieren? Das hätten sie machen sollen, bevor er innerlich abblockte.

»Aber, aber«, versuchte er die Situation herumzureißen, »ich bin mir sicher, dass Herr Seguin mit sich reden lässt. Meine Anwesenheit hier beweist Ihnen doch, dass wir uns sicher auf die eine oder die andere Weise einig werden können.«

Der andere schaute ihn kalt an.

»Könnten Sie mir noch einmal Ihren Namen nennen?«

Sie hatten ihn zu Unrecht für eine Null gehalten; jetzt war es zu spät!

»Ich kann Ihnen sogar meine Telefonnummer geben«, versuchte es Godot unbeirrt weiter. »Doch warum sollen wir auf später verschieben, was wir auch jetzt gleich erledigen können. – Lassen Sie uns in aller Ruhe darüber sprechen, während die Stimme des Gewissens in der Person Herrn Seguins einen kleinen Spaziergang im Garten macht!«

»Ich bin also hier überflüssig?«, brüllte Félix.

Mit einer stillen Geste bedeutete ihm Godot unmissverständlich die Klappe zu halten.

»Verlassen Sie mein Haus!«, sagte Kuntz. »Und zwar alle beide; zum Teufel mit Ihnen!«

Er hatte plötzlich wieder seinen Schweizer Akzent, denselben, den auch sein Dienstmädchen hatte. Er hatte komplett zugemacht!

»Schon gut!«, sagte Godot. »Lassen wirs für heute! – Die Nacht bringt Rat, Kuntz! Ich werd Sie morgen früh anrufen!«

»Das wird absolut zwecklos sein!«

»Da bin ich mir nicht so sicher!«

Godot hatte Félix am Arm genommen und zog ihn mit sich. Félix motzte:

»Die blöde Sau will nicht sprechen!«

Sie gingen durch den Garten. Godot drehte sich um. Kuntz war ihnen nicht gefolgt, doch das Dienstmädchen schaute ihnen aus einem der oberen Zimmer nach.

Godot winkte ihr zu. Das Mädchen trat überrascht zurück; er bedeutete ihr mit dem Finger herunterzukommen. Sie deutete fragend auf sich. – Er nickte.

»Lass gut sein«, sagte Félix. »Das Dienstmädchen weiß jedenfalls nicht Bescheid!«

»Man braucht immer jemanden, der kleiner ist als man selbst!«, sagte Godot belehrend. »Lass mich nur machen!«

Sie waren auf dem von Spindelsträuchern gesäumten Weg stehengeblieben, nicht weit von der Kronosstatue, die ganz mit Grünspan bedeckt war. Im Gras, das schon ein wenig hoch war, stand eine Katze aus Keramik.

»Gibt es auch eine Frau Kuntz?«

»Ja«, sagte Félix. »Und kleine Kuntzens, die über die Ferien weggefahren sind.«

»Wohin?«

»Keine Ahnung!«

Das Dienstmädchen kam; sie war blutjung, doch entschieden zu füllig.

»Sie wollen mich sprechen?«

»Ja, meine Hübsche!«, sagte Godot. »Sie kennen nicht vielleicht zufällig ein junges Dienstmädchen wie Sie selbst, das gern bei einem Rechtsanwalt anfangen würde? – Ich such nämlich jemand, auf den Verlass ist. Wir sind nur zu zweit, ich und meine Frau. Da wär auch nicht übermäßig viel zu tun. – Wär das nichts für Sie?«

»Für mich?«

Die Kleine wurde rot, fühlte sich auf einmal wichtig. Darauf war sie nicht gefasst gewesen. Sie war sichtlich geschmeichelt.

»Dafür hab ich einen Blick!«, fuhr Godot fort. »Erst gestern Abend hat meine Frau zu mir gesagt: ›Also diese kleinen Schweizerinnen: Es gibt nichts Besseres!‹ – Hab ich nicht recht?«

Die Kleine trat verlegen von einem Bein auf das andere. Félix dagegen begann die Zeit lang zu werden.

»Ich danke Ihnen«, sagte die Kleine. »Aber das geht nicht, ich bin ja hier schon eingearbeitet und …«

»Verstehe!«, erwiderte Godot. »Herr Kuntz geht sicher früh morgens aus dem Haus? Unter der Woche ist er tagsüber nicht da? – Sie genießen sicher sein ganzes Vertrauen, oder? Und räumen auch seinen Schreibtisch auf?«

»Den nicht! Das will er nicht!«

»Zu unrecht!«, sagte Godot. »Bei mir wären Sie auch eine Art Sekretärin. Sie hätten sogar den Schlüssel für den Safe! So bin ich halt! – Vermutlich ist Herr Kuntz wie ich! In den Safe kommen die ganzen Papiere rein.«

»Ich weiß nicht!«, gab die Kleine zu.

»Er hat vielleicht gar keinen Safe? Oder vielleicht vertraut er Ihnen nicht?«

»Ich weiß nicht!«, war die Kleine noch immer voll bei der Sache.

Félix begriff so langsam: Godot hatte sicher einen Einbrecher, der für ihn arbeitete, und sammelte Informationen, die für einen kleinen Ausflug hierher nützlich sein konnten. All das war nur allzu offensichtlich. Wenn Kuntz Coudert mit irgendeinem Papier in der Hand hatte, dann musste er es sehr gut versteckt haben, jedenfalls nicht in einem einfachen Bürosafe, für den man nur eine Stunde Ruhe bräuchte, zwei Dachsparren von hundertzwanzig Millimetern Breite, eine Rolle und ein Seil mit vierundzwanzig Millimetern Durchmesser, um ihn samt Inhalt in einen Transporter zu befördern!

Während Godot die Kleine weiter ausfragte, trat Félix ein paar Schritte zur Seite und schaute sich das Haus etwas genauer an.

Es machte einen schwerfälligen Eindruck, hatte zwei Geschosse und ein Flachdach mit mehreren Schornsteinen. Aus einem der Schornsteine stieg Rauch auf. – Zunächst schenkte Félix dem keine besondere Beachtung. Doch dann erblickte er eine kleine Funkengarbe und der Geruch nach verbranntem Papier stieg ihm in die Nase:

»Scheiße!«, sagte er laut.

Godot hatte nichts bemerkt. Félix ging ein paar Schritte auf ihn zu: Da hörten sie einen lauten Knall im Haus.

Godot drehte sich unvermittelt um und blickte wie Félix zum Schornstein.

»Was war das?«, fragte die Kleine.

Sie hatten eindeutig soeben einen Schuss gehört.

»Sie sollten lieber mal nachschauen!«, sagte Godot. »Ich muss los, mein Kleines. Überlegen Sie sich's!«

Er ging schon los, gab Félix ein Zeichen, ihm zu folgen.

»Packen wirs! Hier wirds so langsam brenzlig!«

Sie verließen den Garten wieder durch das Tor. Die Straße lag verlassen da.

»Heilige Scheiße!«, sagte Godot. »Der hat sich ne Kugel verpasst, der Idiot!«

»Glaubst du?«

Er wollte das Tor schließen, besann sich dann aber eines Besseren.

»Verstecken wir uns da in den Sträuchern! Höchstens eine halbe Minute, dann haben wir die neuesten Neuigkeiten aus erster Hand!«

Hinter den hohen Spindelsträuchern gab es eine Art Seitenweg aus gestampftem Boden, der derart ausgetreten war, dass dort kein Gräschen mehr wuchs. Dort lag ein kleines Spielzeugauto aus Blech, das sicher einem kleinen Jungen gehörte; außerdem ein großer Kegel, dessen Farbe verblasst war, und eine Stulpe aus Kunstleder, die wohl zu einer Cowboymontur gehörte.

Sie waren zwar darauf eingestellt, doch der Schrei überraschte sie doch: Es klang wie ein ersticktes »Haaa!«, in höchster Panik ausgestoßen: »Oh! Herr Kuntz!«

Es folgte eine lange Stille.

»Alles klar!«, sagte Félix.

Er stand auf und wollte schon los, doch Godot hielt ihn zurück; das kleine Dienstmädchen stürmte anscheinend schon die Haustreppe herunter: Ihr Gesicht war verzerrt. Sie hatte ihre Hände über den Bauch gekreuzt, als müsste sie sich übergeben. – Sie jammerte: »O jemine!«.

Sie lief durch das Gartentor und verschwand in der Avenue.

»Was hat die denn vor?«, fragte Félix.

»Geradezu klassisch!«, gab Godot zur Antwort. »Zu blöd,

um ans Telefon zu denken. Sie rennt zu einem befreundeten Dienstmädchen in einer Nachbarvilla. – Wart hier auf mich!«

Er rannte los zur Villa. Félix wollte ihm hinterher. – Aber nein, lieber nicht! Er war nicht scharf darauf, sich die Bescherung anzusehen!

Er brauchte kaum eine Minute zu warten, da erschien Godot wieder auf der Haustreppe, ganz außer Atem; er gab Félix ein Zeichen, sich davonzumachen.

»Tot?«, fragte Félix.

»Und gar kein schöner Anblick! – Ziehn wir ab von hier!«

»Er hat keine Papiere zurückgelassen?«

»Nichts!«, antwortete Godot.

Doch sobald Félix einen vorsichtigen Blick in die verlassene Straße warf, lächelte Riton Godot ganz still in sich hinein und fasste an die rechte Tasche seines Jacketts.

XI

»Ich hab die Schnauze voll!«, sagte Maine. »Ich hab die Wochenschau jetzt schon zwei Mal gesehen; aber ihren blöden Film, den können sie sich schenken!«

Das Licht ging jetzt schon das dritte Mal wieder an, und wie immer gingen die Platzanweiserinnen durch, die Karamellbonbons und Eiskonfekt, das übliche eben, verkauften.

»Die Köpfe richtig schön massakriert!«, platzte Maine laut heraus. »Wie die bloß aussehen, diese Schabracken! ...«

»Sollen wir nicht einfach raus?«, schlug Colette vor.

»Da bleib ich doch lieber sitzen, bevor ich mich vor die Tür stelle!«

Sie saßen in einem einfachen Saal ohne jeglichen Glamour, in dem Feuchtigkeit durch die Wände sickerte und in dem es nach Schweißfüßen roch. Der Bühnenvorhang mit Rosenmuster im typischen Stil von 1925 war verwaschener als eine Säuglingswindel. Man saß hier schon in zweiter Generation auf denselben Sitzbänken. Lediglich die *große Panoramaleinwand* war ein Zugeständnis an die moderne Zeit. Sie hatte vor allem die Funktion, den Schauspielern den Kopf und die Füße abzuschneiden, was den Filmvorführer dazu zwang, die ergreifenden Szenen neu zu fokussieren. Aber niemand beschwerte sich!

Godot hatte die beiden hierhergebracht.

»Rührt euch nicht vom Fleck, meine Schätzchen! Solange wir die kleinen Korsen nicht gefunden haben, seid ihr hier am besten aufgehoben! Ich komm dann so gegen sechs zurück und hol euch ab, nach der Arbeit!«

Maine war melancholisch. Während sie ihre Tochter ansah, wurde ihr klar, dass sie seit ihrer Ankunft noch keinen Moment mit ihr alleine gewesen war.

Félix hatte schon recht. Die Ähnlichkeit wurde immer auffälliger, so dass es jetzt war, als ob sie sich als Siebzehnjährige gegenübersäße. Besser gekleidet vielleicht, mit einer besseren Erziehung und ein kleines bisschen schnippisch.

Sie drückte ihr die Hand.

»Alles klar?«

Colette machte einen glücklichen Eindruck, schien kaum besorgt. Seit dem Vortag kam es ihr vor, als ob sie ein außergewöhnliches Spiel mitspiele: Sie hatte in England zehn Tage lang etwas versnobt in einer »sehr vornehmen Familie« gelebt. Der plötzliche Kontakt mit einer aufregenden, lebhaften, tobenden und unglaublich unlogischen Welt ließ ihr das Leben wie einen Traum erscheinen. Gefahr war für sie ein Fremdwort. Es schien ihr so, als ob ihr nichts Schlimmes zustoßen könne. Falls aber doch etwas Verhängnisvolles auftreten sollte, so schien ihr, würde sie Zeit haben, es zu verändern, es noch einmal von Neuem zu durchleben, so wie in Wachträumen.

Sie dachte an den Spaziergang vom Morgen: An Jo, der sie, als sie einmal angehalten hatten, angestarrt hatte. Dann, ohne dass sie es hätte vorhersehen können, hatte er sie mit der Hand an ihrem Nacken zu sich hergezogen und ihr einen Kuss auf den Mund gedrückt.

Sie hatte es über sich ergehen lassen, überrascht, ein wenig steif.

»Na du – Alterchen!«, hatte sie gesagt, als er sie wieder losgelassen hatte

Er aber sagte nichts; als ob nichts passiert wäre. Sie wusste nicht, ob sie lachen oder sich aufregen sollte.

Colette versuchte sich zu erinnern, ob dieser Kuss etwas in ihr ausgelöst hatte. – Nein. Sie war eher überrascht, keineswegs schockiert. Alles in allem war sie sogar eher zufrieden.

»So ist es halt!«, hatte Jo herausfordernd gesagt.

Sie hatte begriffen, dass er wesentlich ergriffener als sie selbst war und hatte sich ein wenig überlegen gefühlt.

»Mein lieber Jo«, hatte sie mit netter Stimme gesagt, »wir

wollen doch gute Freunde bleiben, nicht wahr? Ich bin womöglich nicht das, wofür Sie mich halten. Ich sage das, ohne mich aufzuregen!«

»Du bist doch kein Zuaven-Hauptmann, oder? – Also!«

Diesem Argument war nichts entgegenzusetzen. Colette, die versucht auf vornehme Dame zu machen, hatte ihm zuerst mit so etwas wie »Ich werde diese Verirrung vergessen!« kommen wollen, aber dieser Satz kam ihr dann doch nicht über die Lippen.

»Wie alt sind Sie?«, hatte sie gefragt.

»Ich darf schon ohne Mami ausgehen!«

»Und Sie verhalten sich bei allen Mädchen so?«

»Nein! Die anderen, das sind bloß Nutten und Tranfunzeln, oder einfach nur doof!«

Colette hätte gerne gewusst, in welche Kategorie von Weibsbildern sie passen würde, aber Jo hatte das Lenkrad mit beiden Händen umfasst und drückte bis zum Anschlag auf das Gas. Was er da eben gesagt hatte, das war noch schlimmer als ein Kompliment, das war schon eine richtige Liebeserklärung. Colette war sich darüber bewusst geworden, als sie sah, wie stark er errötete und wie unwohl es ihm plötzlich war.

Sechs Stunden später fühlte sie sich nur so dahinschmelzen und war einfach nur glücklich.

»Wo sind die denn hin?«, fragte sie Maine.

»Sie müssen schon ab und zu mal hinlangen, um ernst genommen zu werden!«, sagte ihre Mutter desillusioniert. »Weißt du, das sind keine Chorknaben! An manchen Tagen bereue ich es, dass ich nicht bei einem anständigen Mann wie deinem Vater geblieben bin!«

Colette schlug kurz die Augen hoch, nur so sehr wie es nötig war, um ihr freundlich ›Schon gut!‹ zu sagen.

»Armer Papa!«, sagte sie. »Ich bin mir sicher, dass es ihm bei dir sehr gefallen hat!«

Zimperlich war sie nicht, die Kleine. Maine machte sich gar nicht erst die Mühe, sich darüber aufzuregen. Sehr mütterlich fragte sie:

»Und was hast du heute Morgen mit Jo gemacht?«

»Heute morgen gabs einmal Rambouillet und zurück!«

Maine schaute sie entgeistert an. Nannte man denn so jetzt das Fummeln?

»Ich kann dir da keinen Ratschlag geben«, meinte sie. »Jo ist kein schlechter Typ, aber der wirds kaum zu was bringen!«

»Du solltest so was nicht sagen!«, reagierte die Kleine heftig.

»Und warum nicht?«

»Vor allem jetzt nicht, wo er vielleicht gerade dabei ist, uns *alle* zu beschützen!«

Die Sache war ernst! Maine spürte eine Hitzewallung in sich, so wie vor einer möglichen Missheirat! Sie hatte lediglich in klassischer mütterlicher Manier einen Ratschlag gegeben, und dachte nun nicht weniger klassisch: ›Da komm ich ja gerade noch rechtzeitig!‹.

»Ich glaube die kleine Serenade von gestern hat dich etwas verspult!«, sagte sie leichthin. »In drei oder vier Tagen wirst du ja dann vielleicht die Dinge und Leute wieder im rechten Licht sehen.«

Sie hatte die Kleine am Arm genommen, sie zu sich herangezogen und sprach in vertraulichem Ton zu ihr. Colette gab sich verschlossen. Maine tätschelte ihr die Hand.

»Glücklicherweise ist es ja Jo und nicht Fred! Lass dich von dem bloß nicht begrapschen! Er ist ein richtiges Schwein!«

Colette zog eine Schnute, was soviel bedeutete, wie: ›Ist doch mir schnurz!‹ Sie wandte sich ab und tat so, als bewundere sie das Schablonenmuster der Wandfriese oder das, was davon noch zu sehen war.

›Mann‹, dachte Maine, ›hier tut sich ein wahrer Abgrund zwischen den Generationen auf! Sie hält mich bestimmt für eine alte Schachtel, die aber auch gar nichts rafft! Sich in einen Mörder zu verknallen – wo die Liebe halt hinfällt, meine Liebe! – Kann sich eben nicht jede einen Offizier leisten!‹

»Nun gut!«, sagte sie schließlich spöttisch. »Jo der Herzensbrecher! Wer hätte das gedacht! Und ich dachte schon, der sei vom anderen Ufer!«

Sie rief die Platzanweiserin, um zwei kleine Eis zu bestellen.

»Welche Sorte?«

»Für mich Himbeere bitte!«, sagte Colette.

»Ich habe aber nur Vanille oder Kaffee!«, sagte die Platzanweiserin.

»Die können sie behalten!«

Maine, deren hervorstechendste Tugend nicht gerade die Geduld war, hatte Lust, ihr Töchterchen, die sie für fürchterlich eingebildet und für schlecht erzogen hielt, loszuwerden. – Godot hatte schon Recht gehabt, als er sie postwendend wieder in den Zug setzen wollte!

Und dann dieser Félix! Dieser widerliche Dreckshaufen, dieser Nimmersatt, dieser Vielfraß, der sich nicht mit einer Liebesnacht als Bezahlung zufrieden gab, wie jeder Gentleman, der etwas auf sich hält. – Jetzt hatte er auch noch seine Komplexe an Godot weitergegeben: Das würde Schwierigkeiten mit sich bringen! Und das nicht zu knapp!

Es waren noch nicht einmal vierundzwanzig Stunden vergangen, seitdem sie angekommen waren, aber Maine hatte von ihrer Familie die Nase gestrichen voll!

In diesem Moment sah Colette, wie Jo langsam einen Gang herunterkam und dabei seinen Blick umherschweifen ließ.

»He!«

Sie standen auf und gingen zu ihm hin.

»Na endlich!«, meinte Maine. »Etwas später, Jo, und wir wären schon weg gewesen!«

»Ich hatte zu tun, Frau Maine!«

Sie gingen in Richtung Ausgang. An der Tür erkannte der kleine Kartenabreißer Jo. Er zwinkerte ihm vertraulich zu.

»Na, hier ist sie ja, die Schwiegermutter!«

Einige Besucher warteten an der Kasse. Maine drehte sich mit gerunzelter Stirn zu Jo um.

»Was soll denn die Geschichte mit der Schwiegermutter, Jo?«

Er war knallrot angelaufen und weitete mit einem Finger seinen Kragen.

»Ich musste ja irgendwas erfinden, um reinzukommen, Frau Maine!«

Colette prustete laut los.

»Was gibts denn da zu lachen!«, sagte Maine.

Vor der Tür erwartete sie nicht der Junior, sondern ein ganz gewöhnliches Taxi.

»Ich lass sie jetzt«, sagte Jo. »Sie können jetzt wieder in die Rue de Bassano zurückkehren, die Luft ist rein!«

Es war mitten am Tag; wer wollte bei diesem Sonnenschein schon nach Hause?

»Was für ein toller Sonntag!«, sagte Maine. »Ich werde mich nicht in meiner Wohnung vergraben wegen diesen zwei Spezialisten! Habt ihr sie etwa noch nicht wieder aufgetrieben, diese falschen Fuffziger? – Wie lange soll denn dieses Versteckspiel noch gehen?«

»Wir haben eine Spur, Frau Maine. Fred hat sie gesichtet, als sie ihren 15/6 wieder abgeholt haben. Offensichtlich sind sie aus der Nähe von Ormesson da draußen, an der Marne.«

»Sparen Sie sich die Einzelheiten!«, sagte sie nun wirklich wütend. »Wo ist Godot?«

»In seinem Laden mit Herrn Félix. Sie waren in Poissy.«

»Ach ja?«

Sie wandte sich Colette zu.

»Ich glaub, dein Vater ist auf dem falschen Dampfer, meine Kleine! Das werd ich nicht zulassen. Komm!«

Jo verzog das Gesicht.

»Dafür übernehm ich keine Verantwortung, Frau Maine. Herr Godot hat sehr deutlich gemacht, dass man ihm seine Ruhe lassen soll!«

»Soso!«

Maines Stimme wurde ausdruckslos. – Ihre Augen begannen zu funkeln wie ein Silvesterfeuerwerk! Das hatte sie wirklich getroffen!

»Ach, so ist das! – Kümmern Sie sich um die Kleine, Jo! Ich seh da mal kurz nach dem Rechten!«

Damit war sie auch schon im Taxi.

»Nach Pigalle! Aber schnell!«

Nichts hätte sie aufhalten können. Jo versuchte es gar nicht erst. Er begnügte sich damit, die Arme hilflos auszubreiten. Das, was sich in den höheren Sphären abspielte, ging ihn nichts an.

Als das Taxi abfuhr, steckte Maine ihren Kopf durch das Fenster.

»Geht zu Fuß zurück! Damit die Kleine mal frische Luft schnappt!«

Schon verschwand das Auto knatternd. Jo schnipste mit den Fingern der rechten Hand.

»Da werden aber die Fetzen fliegen! Sie müssen bezeugen, dass ich nichts dafür kann!«

»Ich bezeuge«, sagte Colette. »Das ist ja keine Mutter mehr, das ist ein Vulkan! – Was machen wir jetzt?«

Zunächst einmal musste Godot vor der Plage, die ihn erwartete, gewarnt werden. Jo ging in das nächste Bistro, bestellte zwei Bier und ging zum Telefon.

Colette fühlte sich ganz eingeschüchtert. Sie hatte nicht voraussehen können, dass sie jetzt mit Jo allein sein würde. Sie bekam eine Gänsehaut, als ob gleich etwas Entscheidendes passieren würde.

Es schien ihr bis dato, dass sie ihre Rolle gut hatte spielen können: Etwas auf beleidigte Prinzessin machen, nicht zu vorlaut sein, und immer Antworten wie ›Pfoten weg!‹ oder auch ›Ach, ihr seid doch alle gleich!‹ mit einem total gelangweilten Gesichtsausdruck parat haben – würde Jo nicht bald bemerken, dass sie nur ein verschüchtertes kleines Mädchen ohne jegliche Erfahrung war, das streng unter der Fuchtel ihres Vaters Félix stand, der keinen Spaß verstand, wenn es um ›den Anstand‹ ging? – Da würde sie so richtig das Gesicht verlieren!

Jo kam bald zurück und setzte sich missmutig.

»Immer die gleichen, die angeschrien werden!«

Er trank sein Bier in einem Zug leer und warf etwas Kleingeld auf den Tisch.

»Ich hab keine Zeit, dich nach Hause zu bringen. Ich muss in die andere Richtung.«

»Ich hab's nicht eilig«, sagte Colette.

Er nahm sie am Arm, riss sie fast vom Tisch weg und zog sie hinter sich her. Die Ellenbogen ineinandergehakt hielten sie sich jetzt auf der Straße bei der Hand wie zwei Verliebte. – Nur, dass sie eben für Verliebte vielleicht zu schnell liefen. Auch sagte Jo kaum etwas.

Colette sah sich die Passanten an. Sie war weniger stolz als im Century oder im Junior, aber sie war ihres Lebens froh. Sie fühlte sich eins mit der Welt.

»Wo gehen wir hin?«

»Wir nehmen die U-Bahn.«

»Und der Junior?«

»In dem sitzt Fred!«

Jo versuchte nicht, nett zu sein. Sie fühlte sich gekränkt.

»Sie müssen es schon sagen, falls ich Sie störe!«

»Du bist ein Kind!«, sagte er. »Ich habe über die Frage gut nachgedacht: Du bist ein Kind, das noch zur Schule geht. Wenn man mit dir ins Nest will, dann bist du dazu imstande, das ganze Viertel zusammenzuschreien!

»Welches Nest denn?«

Er zuckte mit den Schultern.

»Na, das Liebesnest! Um dich flachzulegen! – Jetzt verstanden?«

»Jo, Sie sind unverschämt!«, entsetzte sie sich.

Aber sie hatte seine Hand nicht einmal losgelassen: Ihr wurde im Gegenteil ganz warm um das Herz. Lust, mit ihm zu schlafen? Nein. – Aber sie war glücklich, dass Jo Gefallen daran hatte, ihr Komplimente zu machen. Denn darin täuschte sie sich nicht, es war ein raffiniertes Kompliment, das Jo ihr da machte.

Sie spürte, wie seine Hand die ihre fest umschloss. Keine Riesenpranke, vor der sie hätte Angst haben müssen, sondern eine schmale, sehnige Hand, etwas feucht, aber fest; eine richtige Männerhand eben.

Da löste er auch schon seine Hand und streckte sie zusammen mit der anderen vor ihr aus.

»Was kann ich denn damit machen? – Na? – Du kennst mich ja, kannst du es mir also sagen?«

»Sie sind ein ausgezeichneter Duellant!«, sagte sie voller Ernst. »So um 1900, mit einem Gehrock und einem Zylinder, da hätten Sie sich auf Ehrenhändel spezialisiert: ›Mein Herr, hier meine Karte! Auf fünfzehn Schritt auf einer Wiese! Eine Kugel in den Leib! Der nächste Herr, bitte!‹ – Oder etwa nicht?«

Er hatte das noch nie aus diesem Blickwinkel betrachtet, aber er merkte, dass die Kleine ihm eine Freude machen wollte. Er musste leicht schmunzeln und nahm etwas Dampf raus.

»Wenn du das so siehst! Nur, dass es eben anstelle von einer Auseinandersetzung zwischen Gentlemen eher ein Kampf Schwarzer in einem Tunnel ist. Weißt du, warum ich die Metro nehme? Weil ich eben nicht *absolut* sicher bin, nicht verfolgt zu werden. – Ein Duell sagst du? Von mir aus gern. – Nur, dass das Ganze eben nicht zehn Sekunden dauert, sondern manchmal ganze Tage und Wochen, ja ganze Monate!«

Er blieb vor dem Schaufenster eines Damenfriseurs, der geschlossen hatte, stehen.

»Da! Schau dir mal den kleinen Typen mit der Jacke an, den du gleich vorbeikommen siehst. Seit zwei Minuten glaub ich, der beschattet uns vielleicht!«

»Mensch!«, sagte sie voller Furcht.

Drei Schritte hinter sich konnte sie tatsächlich einen Mann mit einer Jacke sehen, mitten in der Menschenmenge der Rue d'Alésia, der sie beobachtete, während er langsam vorbeiging:

»Hab keine Angst!«, sagte Jo und drückte einfach nur ihre zitternde Hand. »Der hat Billiglatschen an. Der ist lediglich auf deinen süßen Hintern aus.«

Er war zärtlich geworden und tätschelte ihr die Hand.

»Schau dir doch mal die an: Und dabei ist sie noch nicht einmal volljährig! – Bald wird die ganze arbeitende Bevölkerung hinter ihrem Hintern her sein, dieses Püppchen. Die hat Klasse, was!«

Er hatte sie gegen das Schaufenster gedrückt, sie umarmt und sich leicht über sie gebeugt. Sie hatte sich nicht dagegen gewehrt.

Jo war nicht wirklich erfahren. Er wagte trotz allen Anscheins nicht so richtig, sie zu küssen: Ihre Lippen blieben aneinander gedrückt, wenn auch nicht gekonnt, so doch lange, wie im Film. Die Passanten beachteten sie kaum: ›Das gibt sich schon von ganz alleine wieder!‹

Er presste sich ganz fest an Colettes Körper. Ihr war ganz komisch zumute: Sie hatte Angst und war irgendwie auch zufrieden. Schließlich hatte sie sich von ihm gelöst.

»Nun seien Sie doch vernünftig, Jo!«

Aber unser Jo, der war jetzt ganz Feuer und Flamme. Er hatte sich zu den Passanten gedreht und machte sie an:

»Die können mich mal am Arsch lecken!«

Er hatte seinen Arm um ihre Hüften gelegt: So waren sie eine ganze Weile gelaufen. Colette war ganz rot im Gesicht.

»Ich frage mich, wie spät es wohl ist?«

»Mir ist das vollkommen wurscht!«, hatte Jo gesagt. – »Colette!«

»Was?«

»Nichts!«, hatte er geantwortet. »Colette! Ich spreche deinen Namen einfach nur so vor mich hin: Colette! Ich kenne dich erst einen Tag lang und bin schon vollkommen meschugge!«

»Ich auch, ich finde Sie ziemlich sympathisch«, hatte sie gesagt, und dabei verschämt nach unten gesehen.

»Obwohl«, war Jo fortgefahren, »ich bin normalerweise vorsichtig mit den kleinen Schnecken! Man muss ihnen Honig ums Maul schmieren, und darin bin ich nicht sehr gut! Sind sowieso bloß dumme Ziegen. – Du aber nicht!«

Er umarmte sie während des Gehens so fest, dass sie dadurch das Gleichgewicht verlor. Sie genoss seine Komplimente, fand auch ihr Gleichgewicht wieder und dachte: ›Wie stark er doch ist!‹

»Ich«, sagte er weiter, »fühle mich jetzt mit dir toll. Ist schon lange her, dass mir so was passiert ist! Ich will hoch hinaus: Ich habe Pläne für die Zukunft! – Erschreckt dich das? – Ich sage dir, Colette, du bist wie eine Steckdose. Wenn der Funke überspringt, dann bin ich nicht mehr zu halten!«

Er war aber schon voll abgefahren und wunderte sich selbst, dass er so viel redete.

»Mensch! Sag mal! – Ich schwörs dir, unbedingt! So ein Mädchen wie dich gibts nicht noch mal! Du hast Klasse, hörst du! – Ich muss wieder zurück nach Juan-les-Pins. Aber wir müssen uns wieder sehen! Einverstanden?«

»Einverstanden!«, sagte sie. »Sie sind zu nett, Jo.«

»Du musst mich duzen!«

»Okay«, sagte sie verschüchtert. »Sie sind so nett, Jo!«

Sein Arm umschloss nahezu ihre ganze Taille, er kitzelte ihren Bauchnabel, glitt auf dem Stoff bis zu den Schenkeln hinunter und wieder herauf, und ließ den Gummibund des Höschens schnippen. – Sie wurde rot.

»Jo! Die Leute drehn sich nach uns um!«

»Das juckt doch mich nicht!«, entgegnete er. »Wenn sich jetzt einer beschweren wollte, der käme mir gerade recht!«

Letztendlich aber waren die Berührungen für die Passanten kaum wahrnehmbar. Sie waren in der Menge genauso isoliert wie sie es in einer Zelle gewesen wären. Sie gingen verliebt weiter. Er spürte unter seinem Arm die Wärme ihres Körpers, jede noch so geringe Bewegung ihrer Hüften.

»Wie ein Reh!«, sagte er. »Und trotzdem will ich dich nicht bloß ins Bett kriegen. Wir müssen uns wiedersehen, Colette, ja? Ich und du, das wär toll! Ganz sicher!«

Er hörte nicht mehr auf. Es war, als ob man einen Wasserhahn aufgedreht hätte. Der kleine Jo wollte sie überzeugen. Und Colette wollte sich überzeugen lassen. Sie hatte einen Moment lang geglaubt, er wolle sie in das nächstbeste Hotel abschleppen und hatte sich für einen kurzen Moment überlegt, ob sie sich dagegen wehren sollte. – Aber die Aussicht auf ein Rendez-vous etwas weiter entfernt, zwischen Nizza und Juan-les-Pins, das machte die Geschichte erst richtig interessant, sie wurde etwas unwirklich; und das brachte den Junior wieder ins Spiel, irgendwo dort unten, an der Côte d'Azur.

»Jo!«, rief sie auf einmal erstaunt über seinen Namen. »Das ist die Abkürzung von was? Joseph?«

»Das ist keine Abkürzung. Den Namen hatten sie mir in Saigon gegeben, weil ich Kaugummi kaute, nichts redete und die Viets abknallte. Sie nannten mich Dscho. Mein richtiger Name ist Vincent Robert.«

»Sind Sie ein Findelkind?«

»Keineswegs! Seit dem 70er Krieg gibt es Vincents im 19. Stadtbezirk! Mein Vater ist Feldmesser. Mein Onkel ist Kapo bei Citroën. Und ich habe den Fehler gemacht, mich für den Indochinakrieg freiwillig zu melden. Keiner will mich mehr in Buttes-Chaumont kennen; mein Alter verachtet mich dafür! Bitte schön! Ich bin eher ein verlorener Sohn.«

Colette hätte am liebsten geweint vor Mitgefühl. Ihr ging das Herz auf, ihre mütterlichen Gefühle wurden angesprochen.

»Mein armer Jo ...«

»Halt!«, sagte er. »Ich brauch kein Mitleid! – Manchmal komm ich in die Rue des Solitaires und treffe Kameraden aus der Volksschule, mit ihren Bengeln und Einkaufstaschen: Ich bin doch nicht zu beklagen! – Du kannst dir doch wohl mich nicht bei Citroën vorstellen, oder? – Nachtschicht, Stechuhr und Fließbandarbeit: Na vielen Dank! – Ich habe mich für die Freiheit entschieden! – Ein Leben wie ein Herr! Freiberufler!«

Sie gingen an einer Uhr vorbei. Jo schaute hoch und sah die Uhrzeit. Sein Gesichtsausdruck änderte sich, so als ob er gerade einen Elektroschock versetzt bekommen hätte.

»Mein Gott! Sieben Uhr! – Die Zeit vergeht wie im Flug mit dir, junge Frau!«

»Was gibts denn?«

»Ich muss sofort weg. Fred wartet seit bald einer Stunde da draußen auf mich.« Er war wie ausgetauscht. Er hatte Horror vor dem Zuspätkommen, das vertrug sich nicht mit seinem Berufsethos. Er pfiff nach einem leeren Taxi, das gerade vorbeikam. Es fuhr an den Bürgersteig heran.

Jo streckte ihr geistesabwesend die Hand entgegen.

»Bis bald, junge Frau!«

»Passen Sie auf sich auf!«, sagte Colette.

Aber er hörte ihr schon nicht mehr zu. Er öffnete die Tür des Taxis.

»Porte de Vincennes! – Auf, Mann. Ich erklär's dir später!«

Colette sah das Taxi im dichten Verkehr des sonntäglichen Rückreiseverkehrs verschwinden, ganz plötzlich stand sie genauso alleine wie eine Seemannsbraut in der Menge.

XII

»Da ist sie!«, sagte Godot und spitzte die Ohren.

Er hatte Félix in seinem Wohn- und Arbeitszimmer, das sich genau über dem Lokal befand, soeben den dritten Pastis eingeschenkt. Es war Sonntag und es befand sich keine Kundschaft an der Bar. Einige Gäste würden im Laufe des Abends noch kommen; jetzt herrschte gerade Flaute.

Sie hörten jemanden mit schnellen Schritten die innere Treppe hochkommen.

»Du wirst uns«, sagte Godot, »nach einiger Zeit unauffällig verlassen. Ich muss sie am kurzen Zügel nehmen. Wir werden Ghighi darum bitten, dir den Laden zu zeigen. Einverstanden?«

»So so, die Ghighi!«, sagte Félix, der vom Pastis anzüglich wurde.

Es klingelte zweimal hintereinander je zweimal.

»Da ist aber eine ungeduldig!«, sagte Godot. »Mal schauen!«

Er ging die Tür öffnen. Maine trat herein, mit gerümpfter Nase und angespannten Mundwinkeln.

»Schließt ihr euch jetzt ein?«

»Ich hab Angst vor Heuschnupfen«, sagte Godot. »Und der Film? Wars ein schöner Nachmittag?«

»Mach dich nicht lustig über mich!«, giftete sie.

Sie raste auf Félix zu, der lässig in einer tiefen Polsterbank mit Samtkissen hing.

»Na, jetzt reichts aber! Hier treibst du dich also rum, was? – Du möchtest wohl vor Gericht landen, Unglücksrabe! Glaubst wohl, dass wir jetzt gerade nichts Besseres zu tun haben, als uns um deine Privatangelegenheiten zu kümmern?«

»Hör zu, Angèle ...«

»Maine ...«, versuchte Godot zu vermitteln.

»Jetzt schweigt aber mal, und zwar alle beide! – Haben wir uns etwa deshalb nun schon zweimal die Wochenschau angesehen? Und trauen wir uns deshalb keine drei Schritte mehr in Paris zu gehen, ohne uns umzudrehen? Damit Herr Félix dann unsere Leute für seine persönlichen Belange nutzt? Währenddessen kann deine Tochter ruhig draufgehen – ist doch so, oder?«

Félix zuckte mit den Achseln.

»Red keinen Blödsinn«, sagte Godot. »Fred hat das Versteck der Korsen ausfindig gemacht, dort bei Ormesson. Jo soll ihn dort treffen. Bleib in der Nähe des Telefons, du wirst brandaktuelle Neuigkeiten erfahren!«

Er schenkte auch Maine einen Pastis ein, den diese in einem Zug runterkippte und dann mit der Zunge schnalzte. Godot konnte sie so langsam bestens einschätzen und wusste, dass ihre Reaktionen immer von ihrem körperlichen Befinden abhingen. Sobald ihr Durst etwas gelöscht war, hatte sie bessere Laune.

Sie ließ sich neben Félix auf die Polsterbank sinken. Mit der Hand fächerte sie sich Luft zu und ein süßlich-herber Duft begann sich auszubreiten. Sie seufzte und lachte auf.

»Ihr bringt mich wirklich noch zur Weißglut. Was habt ihr in Poissy gemacht?«

»Wer hat dir davon erzählt?«

»Jo.«

»Das gefällt mir gar nicht«, sagte Godot. »Jo verhält sich immer noch wie ein Anfänger. Er plaudert zu viel.«

»Mit mir«, trumpfte Maine in herrischer Manier, »plaudert man nicht! Man unterrichtet mich! – Es ist doch wohl mein gutes Recht, unterrichtet zu werden, oder nicht?«

»Lassen wir das!«, sagte Godot. »Das, was wir hier machen, ist nichts für Weiber! Als René noch da war, hättest du deine Nase nicht in seine Angelegenheiten gesteckt, nicht wahr? Also sei jetzt auch ruhig.«

Ganz und gar nicht beeindruckt brach sie in schallendes Gelächter aus.

»Ein richtiger Schurke, was! – Gleich wird er mir eine reinschlagen! Gerade er, der immer vorne dran ist, wenn behauptet wird, dass die Unterwelt nicht mehr existiert, macht so ein Theater! – Also sowas! Da muss ich aber laut lachen! Hahaha! – Da fühle ich mich doch glatt zwanzig Jahre jünger!«

Félix stand ganz leger auf.

»Für Ehekrach habe ich nichts übrig. Ich geh runter!«

»Auf gar keinen Fall!«, sagte sie und hielt ihn zurück. »Du bist der Vater meines Kindes. Du wirst dir anhören, was ich dir zu sagen habe.«

Sie war aufgestanden. Er fasste sie an der Hüfte, zog sie hoch und machte mit ihr eine Walzerdrehung. Die andere Hand griff um ihre Schenkel.

»Lässt du mich wohl los!«, schrie sie, während sie noch mit den Beinen herumstrampelte.

Und tatsächlich ließ er sie los. Genauer gesagt schleuderte er sie wie ein Paket auf das weiche Sofa: Wie eine Puppe federte sie wieder hoch, um dann in den weichen Kissen zu versinken.

»Du tust mir weh!«, brüllte sie.

»Bis gleich!«, sagte Félix, während er hinausging.

Als sich die Tür hinter ihm geschlossen hatte, wurde sie schlagartig ruhig, fast schon sanft.

»Mannomann! Wie oft hat der Typ mich doch verdroschen!«

Ohne jegliche Gemütswallung hatte Godot nach dem Telefon gegriffen und bat Fräulein Ghislaine, sie möge ein Auge auf Félix haben.

»Jetzt aber!«, sagte Maine mit lauter Stimme. »Sag ihr, sie soll ihn mir nicht verseuchen, diese Syphilisschleuder! Wann setzt du dieses Dreckstück endlich vor die Tür?«

Godot gab ihr mit der Hand unmissverständlich zu verstehen, dass sie ihren Mund halten solle. Danach verzog er das Gesicht, als ob jemand in den Hörer schrie:

»Ärgern Sie sich doch nicht, Ghighi! Sie kennen doch Frau Maine!«

»Nun schmeiß sie doch endlich raus!«, schrie Maine, während sie den Saum ihres Kleids auf ihren nackten Schenkeln hochstreifte, damit es ihr etwas kühler wurde.

Godot legte wieder auf, hob ihre Beine vom Sofa und setzte sich neben sie. Er schien nicht auf Ärger aus, sondern war sehr konzentriert.

»Verärger sie mir nicht«, sagte er, »sie leistet mir gute Dienste. Außerdem, bedeck deine Schenkel, ich muss etwas Wichtiges mit dir besprechen!«

»Was brütest du aus? Ich warne dich: Dass dem Vater meiner Tochter ja nichts zustößt!«

»Das ist nicht meine Absicht.«

»Dann lass ihn in Ruhe! Seine Frau ist verbrannt, Friede ihrer Asche! – Da kann man nichts machen. Tu jetzt nicht so scheinheilig, Godot. Alles, was mit meiner Tochter zu tun hat, ist mir heilig. Ich möchte, dass sie immer stolz auf ihren Vater sein kann.«

Godot wischte ihre Bemerkung mit einer Handbewegung weg.

»Hör mir mal gut zu, mein süßes Schäflein. Weißt du, was wir soeben in Poissy gesehen haben? – Einen Typen, dem quasi vor unseren Augen der Schädel weggepustet wurde!«

Maine schreckte leicht zurück.

»Du hast ihn doch nicht etwa …?«

»Nein! Ich habe noch nie jemanden umgebracht! – Ich habe ihm lediglich das Strafgesetzbuch wieder ins Gedächtnis gerufen. Wenn ich mir aber die vielen Feuer ansehe, scheint mir die Geschichte von Félix ziemlich heiß zu sein. – Und, darüber hinaus, verdammt rentabel! Vorausgesetzt, natürlich, dass ich nicht die Henne töte, die die goldenen Eier legt. Hörst du mir zu?«

»Ja«, sagte Maine, während sie schamhaft das Kleid über ihre Knie zog.

Sie sah plötzlich ganz aufmerksam aus, was sie älter erscheinen ließ. Sobald sie ihr Gehirn einschaltete, wirkte sie älter.

»Félix hat das genau richtig gesehen«, sagte Godot. »Das, was sich da in Toulon und in Nizza zugetragen hat, interessiert mich nicht. Wenn man aber einen Senator und dazu noch einen Banker in der Hinterhand haben kann, dann spielt man mit! Stimmst du mir zu?«

»Das möcht ich sehen«, sagte Maine. »Wenn du mir davon erzählst, heißt das, dass ich dabei bin.«

»Du bist für Félix zuständig! Der hat eherne Grundsätze, der Junge! Der will Leichen sehen. – Mit Leichen kann ich aber keine Geschäfte machen! – Er hat mich auf die Spur gebracht! Jetzt gilt es, ihm seine Grenzen zu zeigen! – Falls du nicht möchtest, dass wir hart durchgreifen, solltest du was unternehmen! – Mach, was immer dir einfällt, aber überzeug ihn davon, dass es keinen Sinn macht, mit dem Kopf durch die Wand zu wollen. Du bist doch mit von der Partie, nicht?«

»Ich denke eigentlich schon«, sagte sie. »Aber hast du gesehen, wie sehr ich ihn beeinflussen kann? Ich versichere dir, dass ich gestern Nacht alles gegeben habe: Dem hab ich es so richtig besorgt! – Und: Am nächsten Tag hat er nur so gestrahlt! – Seit den drei Jahren, die er seine Frau verloren hat, ist bei ihm ein Liebesnotstand entstanden; das kann man nachvollziehen!«

»Wenn er wenigstens vernünftig wäre, dann könnte man ja Klartext mit ihm reden. Wenn es so läuft, wie ich es mir vorstelle, dann wird es an günstigen Gelegenheiten nicht mangeln!«

»Da hilft gar nichts!«, sagte Maine. »Stur und unnachgiebig, das ist es, was er ist! Noch uneigennütziger als ein Gewerkschaftler! Wo er Recht hat, muss er Recht bekommen! Andernfalls wird er bockig. Das wird nicht einfach werden!«

Godot seufzte.

»Zumal der Selbstmord von Kuntz schlimmer ist als ein Geständnis. Wenn ich ihn nicht zurückgehalten hätte, dann wäre er wer weiß wohin geflitzt, bis nach Vendôme, um seinen Coudert de la Taillerie kaltzumachen. Die Rache steckt ihm tief im Blut. Und dann will er Action sehen! Er will selbst Hand anlegen! Ihn selber durch die Mangel drehen! – Das Herz der ehrbaren Bürger ist ein unergründlicher Abgrund! – Und wenn ich daran denke, dass er mich fest im Griff hat, dieser Mann! Ich schwöre dir, ich hätte es hundertmal lieber mit einem Halunken zu tun!«

Er schlug auf das Telefonbuch, das auf einem kleinen runden Tisch thronte.

»Übrigens, mit Vendôme, da hat er sich getäuscht. Coudert ist zu Hause, in der Allee Mac-Mahon. Ich hab Zeit gehabt zu telefonieren, während Félix auf dem Klo war.«

»Hast du ihn erreicht?«

»Ich hatte einen seiner Leute dran, der mir gesagt hat, dass der Herr im Laufe des Abends kommen würde. Ich möchte freie Hand haben, Maine. Verstehst du? Versuch unseren Félix um den Finger zu wickeln. Klapper mit ihm die Sehenswürdigkeiten ab. Geh mit ihm auf ein Ausflugsschiff essen; mach, was auch immer du willst; aber ich möchte ihn hier heute Nacht nicht sehen! – Weil, wenn ich so eine starke Position habe, wie ich denke, werd ich versuchen, den Senator persönlich hierher zu bringen!«

»Da spielst du aber ganz schön mit dem Feuer!«, sagte Maine. »Willst du ihn etwa erpressen?«

»Nur, wenn es sich absolut nicht vermeiden lässt. – Lieber bluffen!«

»Das heißt?«

»Das heißt, es ist einen Versuch wert!«

Er streckte die Hand nach einem mahagonifarbenen Aktenschrank aus, nahm eine dicke Akte heraus, die er auf einen kleinen Couchtisch mit einer Platte aus Keramikkacheln legte. Auf der kunstledernen Mappe war ein gelbes Etikett zu sehen, auf dem mit schwungvoller Schrift stand:

LE PRINCE

»Hier wirds jetzt interessant für dich, meine Liebe!«

»Mein Laden?«, entfuhr es Maine. »Was hat das denn damit zu tun?«

»Wir möbeln ihn wieder auf!«, sagte Godot. »Wir machen daraus das erste Nachtlokal von Paris. – Der *Faisan Noir* an der Place Pigalle, das ist doch nur der Anfang. Wir gehen jetzt zu den ernsten Dingen über: die Champs-Élysées!«

Sie standen einander gegenüber wie zwei Komplizen. Godot schwitzte. Seine Augen waren blutunterlaufen und er ächzte ein wenig, als sei er außer Atem. Maine hingen die Backen herunter, sie glich auf einmal einer alten Schachtel, die ihr Gesäß im Sofa plattdrückte. Plötzlich waren sie zwei Bauerntrampel, die sich über der Wäsche unterhalten. Bauernschlau und mit feisten Ärschen und dicken Bäuchen wie Rentiers. Schluss mit lustig!

Maine dachte angestrengt nach, hatte ein Auge halb geschlossen und presste die Lippen aufeinander: Zwischen der Stupsnase und dem plötzlich riesigen Kinn unserer Pariserin aus der Provinz war plötzlich nur noch ein kleiner, gemeiner blauroter Strich zu sehen.

Das *Café Le Prince* gehörte zur Hälfte ihr. Sie hatte es fünf Jahre lang geführt, während der Herrschaft ihres vorherigen Beschützers. Alles lief auf seinen Namen und niemand konnte ihr jemals am Zeug flicken. Als sie es satt gehabt hatte, hatte sie die Leitung an diesen Bordier aus der Auvergne übergeben, der den Laden am Laufen hielt. Sie holte zu Beginn jeden Monats ihre Einkünfte ab: Eine nette kleine Rente ohne Risiko.

Sie kannte den Betrieb in- und auswendig. Das *Le Prince* hatte seine Blütezeit zwischen den zwanziger und dreißiger Jahren gehabt, mit seiner gewaltigen Eingangshalle, den Nebenräumen und seinen Nebengebäuden, die bis zur Rue de Ponthieu reichten.

Der Krieg hatte ihm beträchtlich geschadet, als es zum Soldatenheim umfunktioniert wurde. 1946 hatte sich eine Gesellschaft gegründet, um sich die Gebäude und die Kriegsentschädigungen zu sichern. Man hatte das Haupt- und die

Nebengebäude aufgebaut und die riesigen Innenräume an verschiedene Firmen vermietet.

Zwei Jahre später hatte es der König aller Gangsterbosse, René Lecomte, geschafft, Maine mit der Leitung des *Le Prince* zu betrauen. Die Saftbar und die Terrasse wurden wieder eröffnet und schließlich auch eine Snackbar.

Es wurden mehrere Millionen für Reparaturen ausgegeben. Die Kosten wurden durch den Betrieb in den Vorderräumen gedeckt. Gleichzeitig aber versanken die Nebenräume und die Küchen, die für zweitausend Gedecke geplant waren, in Dreck, Rost und Feuchtigkeit.

Wie sollte man dieses Problem lösen? – Man konnte die vermieteten Geschäftsräume augenblicklich freibekommen. Aber für die Renovierung veranschlagten die günstigsten Architekten und Raumausstatter nicht weniger als hundertfünfzig Millionen! Da stand eine richtige Baustelle an, was sieben Monate Schließung bedeutete, mit zweiundzwanzig Gewerken und dreihundert kräftigen Männern, die anpackten!

Die Kostenvoranschläge und Schätzungen befanden sich in der Mappe, einschließlich einiger Skizzen des Raumausstatters. Toll würde das aussehen! Aber hundertfünfzig Millionen ließen sich nicht mal eben so aus dem Ärmel schütteln!

Sollten sie den *Faisan Noir* verkaufen? – Die Lage war Gold wert, aber das Gebäude rein gar nichts. Außerdem lag Godot nichts an ihm. Er hielt den Rekord an Einnahmen pro Quadratmeter in seiner Trinkerfabrik. – Sich vergrößern war ja toll, doch dafür brauchte man auch eine ordentliche Grundlage!

»Willst du ihn um einen Kredit bitten?«

»Genau das!«, sagte Godot. »Wir kommen jetzt zur Sache. Alle Banken, an die wir uns gewandt haben, wollten uns fressen. Der Schuppen hat tolle Perspektiven, aber sie wollen ihn für sich haben! – Ich schwöre dir, dieses eine Mal, dass ich einen Trumpf in der Hinterhand habe gegen diese Verbrecher da, werde ich ihn ausspielen! Ich werde das Geld bekommen,

Zahlungsfristen festsetzen, und die Sache ist geritzt! – Sonst will ich nicht mehr Godot heißen!«

Er nahm Maines Hand, ganz plötzlich der große Herr.

»Sie verstehen doch, werte Freundin, was ich Ihnen sagen möchte? Wenn wir das schaffen, gehören wir zur feinen Gesellschaft!«

Für einen Moment blühte er vor einem gewaltigen Traum auf, dann schien er sich wieder der prosaischen Wirklichkeit zu widmen: Er schlug das Telefonbuch auf, auf dessen Innenseite er hastig Zahlen notiert hatte.

»Ich werde den *Faisan* behalten, er dient mir als Garantie. Ich verkauf die Meierei in der Rue de Ordener, meine Anteile an *Chez Charlot*, meine Anteile an der Werkstatt, die Villa in Boullay und den Buick. Damit haben wir erstmal vierzig. Davon nehmen wir fünfzehn, um Bordier loszuwerden. Kannst du mir folgen?«

Maine hatte einen Stift genommen und schrieb nun ihrerseits mit zusammengekniffenen Augen Zahlen auf. Ihr Gesicht war auf einmal listig, rot und faltig geworden, wie das einer Bäuerin, die ihre Abrechnung macht.

Das nette Mädchen, die Aufbrausende, die Lustige, das war einmal! Jetzt betrat Gräfin Maine die Bühne!

XIII

Godot bereute es nicht, seine Handschuhe angelegt zu haben; das war die Sache wert! Er hatte sich die Zeit genommen, in einen Zweireiher aus Barathea-Stoff zu schlüpfen, der seine Statur zusätzlich zur Geltung brachte und ihn feierlich wirken ließ.

Gütiger Gott! Ein herrschaftliches Stadthaus, hundert Meter vom Triumphbogen entfernt! Drei Etagen aus grauem Stein, zurückgesetzt, hinter einem hohen, schmiedeeisernen Tor. Der Mann, der darin wohnte, musste ein ganz toller Hecht sein. Das würde keine leichte Partie werden!

Der rotwangige Diener mit seinen breiten Schultern, der ihm die Tür öffnete, sah aus wie ein Polizist in Zivil: Ein richtiger Wachhund!

Godot erblickte den Eingang mit doppeltem Treppenaufgang; Afrikanerinnen aus Bronze, die Fackeln emporhielten, dienten als Beleuchtung: Original Second Empire!

Er folgte dem Polizisten in eine quadratische Eingangshalle, von der eine Marmortreppe nach oben führte. Dort wurde er gebeten, einen Augenblick zu warten.

Godot hatte seine Handschuhe abgestreift und spielte damit. Alles um ihn herum zielte darauf ab, Prunk und Protz zu vermitteln. Er fühlte sich wie berauscht davon! – ›Eine Nummer zu groß für mich!‹ – Fast wäre er im Krebsgang bis zur Tür zurückgekrochen und in der Nacht verschwunden!

Unter der Marmortreppe befand sich eine Art Loggia mit einer Raritäten-Vitrine, die nicht beleuchtet war. Darin spiegelte sich seine imposante Gestalt – er wurde ruhiger: Alles in allem hatte er sich nicht schlecht in Schale geworfen; er hatte ein sicheres Auftreten und war, wenn es drauf ankam, nicht gerade auf den Mund gefallen. Die Aktentasche aus Leder, die er auf dem Beistelltischchen abgelegt hatte, rundete sein Aussehen ab: ganz der Geschäftsmann.

Eine kleine Tür öffnete sich unvermittelt. Ein Mann um die fünfzig erschien: Stirnglatze, Fliege – Godot war schon drauf und dran, ihm die Hand zu reichen; sein Gegenüber zog aber die Fersen aneinander, verbeugte sich leicht und machte die entsprechende Handbewegung: ein Diener!

»Herr – ?«

»Godot! Ich hatte gerade ein Telefongespräch mit Herrn Coudert. Man erwartet mich!«

»Ausgezeichnet, der Herr!«, sagte der Bedienstete. – »Welcher der Herren?«

»Wie, welcher?«

»Herr Auguste, Herr Georges oder Herr François? «

›Verdammter Mist! Eine ganze Sippe!‹, dachte Godot.

»Herr Auguste!«, gab er zurück.

Der Mann schaltete das Licht in einer Ecke der Vitrine ein, gab ihm ein Zeichen, sich zu setzen, und verschwand wieder lautlos durch die kleine Tür.

Godot fühlte sich immer unwohler.

Unter seinen Füßen lag ein schwerer orientalischer Teppich, der seine Schritte dämpfte. In den Vitrinen waren einige chinesische Kunstobjekte, direkt über einer sehr steifen Sitzbank, die besonders unbequem sein musste, ausgestellt.

Das Haus war unruhig. Von irgendwoher hörte man das Lachen von jungen Mädchen, vielleicht auch von Kindern. Hier schien alles in geregelten Bahnen zu verlaufen und auf ehernen Fundamenten zu ruhen! Man musste ganz schönen Mumm haben, um sich anzumaßen, hier etwas aus dem Gleichgewicht bringen zu können!

Godot schaute auf seine Aktentasche aus Leder, die ihm plötzlich zu neu erschien. Ihm lief ein Schauer über den Rücken, wie wenn ein Leichtgewicht gegen ein Superschwergewicht in den Ring steigt:

›Drei Klassen Unterschied! – Das ist schon gelaufen! Ich täte besser daran, einfach durch die Seile zu verschwinden.‹

Er blieb jedoch; ein wenig aus Neugier. Vielleicht war der Moment noch nicht gekommen, um einen großen Sprung zu machen; aber das war schon die Klasse, die er anvisierte! Die großen Bosse! Die Unberührbaren! – Umso mehr sollte er jetzt die Gelegenheit nutzen, um sie besser kennenzulernen.

Als er gerade dachte, dass man ihn schmoren ließ, kam der Butler zurück.

»Hier entlang, bitte!«

Godot ging drei Schritte zurück, um seine Aktentasche zu holen. Der Edeldomestik hatte eine große Tür geöffnet und trat zurück.

Godot stand in einem Arbeitszimmer. Aber: Was heißt hier eigentlich Arbeitszimmer? – Es war fast genauso groß wie der Raum des *Faisan*, wo an Abenden, an denen viel los ist, zweiundzwanzig Tische hineinpassen! Die Beleuchtung ließ die Wände im Halbdunkel. Es waren jedoch Fresken, oder Wandteppiche, und zwei große Regale mit edlen Buchrücken auszumachen.

Der Butler hatte die Tür hinter sich geschlossen. Einen Moment lang blieb Godot allein. In der Nähe des offenen Fensters war ein detailgetreuer bronzener oder schmiedeeiserner Globus zu sehen. Er konnte auch einen monumentalen Kamin mit mächtigen Holzscheiten erkennen sowie einen richtigen Ministerschreibtisch, hinter dem ein großer Wandteppich prangte: Hier ging es nicht darum, bloß Eindruck zu machen; – hier ging es wirklich um etwas! Wenn man nicht gleich tot umfiel, brauchte man drei Monate, um sich davon zu erholen!

Rechts vom Wandteppich öffnete sich eine Tür und ein kleiner, zappeliger junger Mann trat ein:

»Aber ich bitte Sie, mein Herr, setzen Sie sich doch!«

Zu allem Überfluss lispelte er auch noch. Was war denn das für ein Grünschnabel? Ein Sekretär? Das Ganze war ja schlimmer als eine Audienz beim Regierungschef!

»Ich bin François Coudert de la Taillerie!«, gab der kleine Mann von sich. »Wären Sie so freundlich, mir Ihren Namen in Erinnerung zu rufen?«

Wie alt mochte er sein? Fünfundzwanzig; nicht älter. – Zumindest galt es jetzt, Ruhe zu bewahren!

»Godot! Ich wollte eigentlich mit Herrn Auguste sprechen!«

»Es wäre meinem Vater eine Freude – aber er ist momentan ziemlich beschäftigt …«

»Ich auch! – War er es, mit dem ich am Telefon gesprochen habe?«

»Ja.«

»Ich erlaube mir also zu insistieren. Trotz der späten Stunde.«

Der kleine junge Mann saß jetzt an dem großen Schreibtisch. Der Sessel mit hoher Rückenlehne, der ihm mehr Gewicht verleihen sollte, ließ ihn in Wirklichkeit aber völlig verschwinden, gab ihn der Lächerlichkeit preis! Er war sich dessen in keinster Weise bewusst und warf sich in Pose.

»Worum geht es?«

»Es handelt sich um eine persönliche Sache. Ich muss Ihren Vater sehen.«

»Persönlich? Wie das?« –

Er hatte ein Papier hervorgeholt und zog die Kappe seines Füllers ab, sich seiner Wichtigkeit durchaus bewusst.

»Sollen wir für Morgen einen Termin eintragen? Mein Vater empfängt niemanden ohne vorherige Darlegung der Gründe. – Könnten Sie sie mir vielleicht nennen, wenn auch nur stichwortartig –?«

»Nein!«

»Mein Vater hat darum gebeten.«

»Nein!«

Der kleine Mann erhob sich, sichtlich beleidigt.

»Dann tut es mir Leid, Herr – äh!«

Überaus kühl schaute Godot auf die Uhr.

»Mein lieber Herr, die Zeit drängt! Wenn Sie ihrem Herrn Papa einen großen Gefallen tun wollen, sagen Sie ihm, er solle herunterkommen!«

Er sprach mit einem eindringlichen Ton, der in Verbindung mit seiner Bassstimme und dem südfranzösischen Akzent beruhigend wirkte. François machte eine Geste, die bedeuten sollte: ›Ich mach das nur, um Ihnen einen Gefallen zu tun!‹ Er nahm den Hörer ab und drückte auf einen Knopf:

»Hallo, Vater! – Nun, ich weiß es nicht. Er will es mir nicht sagen – Er besteht darauf, Sie zu sehen.«

Wirklich immens, dieses Zimmer! Der Wandteppich über dem Schreibtisch sah nach Savonnerie aus, er war an manchen Stellen verschlissen, aber das erhöhte nur seinen Wert.

»Hier!«, sagte François und reichte Godot den Hörer herüber. »Sprechen Sie mit ihm persönlich!«

Der kleine weiße Hörer zeugte von fehlendem Geschmack in diesem ganz auf Prunk ausgerichteten Zimmer.

»Ja?«, kam es von Godot.

»Ich bitte Sie!«, sagte eine etwas trockene Stimme. »Es ist einundzwanzig Uhr fünfzig! Worum geht es denn?«

Godot führte den Hörer von seinem Ohr weg und schaute den jungen Coudert sehr eindringlich an.

»Ihr Herr Papa verlangt nach Ihnen!«

»Nach mir?«, fragte François; ganz offensichtlich war er schwer von Begriff.

Aus dem Hörer war ein Bellen zu hören:

»Sofort!«, sagte Godot unnachgiebig, indem er auf die Tür wies.

Er hielt den Hörer wieder an das Ohr.

»Er kommt hinauf zu Ihnen!«

Am anderen Ende der Leitung donnerte es:

»Was ist denn das für eine Komödie! Geben Sie ihn mir, und zwar auf der Stelle! – Auf der Stelle!«

»Auf der Stelle!«, wiederholte Godot in Richtung François.

Als sich die Tür wieder geschlossen hatte, bereitete er dem Wutausbruch am Telefon ein Ende.

»Hallo, hören Sie mich?«

»Aber ja, ich höre Sie! Was soll das Ganze denn?«

»Kuntz ist tot!«, sagte Godot

»Was? Was? – Wer ist tot? – Was soll mich das denn angehen? – Wer sind Sie überhaupt? – Hallo? – Hallo? –«

Godot hatte in aller Ruhe den Telefonapparat auf den Schreibtisch gestellt: Sollte er sich doch dort heiser schreien. Er hatte seine Schachtel Gitanes herausgeholt und zündete sich ganz ruhig eine an; dann ließ er sich in einen Ledersessel fallen.

Während er sich mit den Händen die Knie rieb, versuchte er noch einmal tief durchzuatmen: In wenigen Sekunden würde, wenn er sich nicht getäuscht hatte, der Kampf beginnen. – ›Aufgepasst! Ich hab es hier mit einem Schwergewicht zu tun, einem Giganten seiner Spezies: Völlig ausgeschlossen, ihn hochgehen zu lassen; dabei würde ich selbst draufgehen! Er muss mich bloß akzeptieren! Das ist alles! Mich bloß akzeptieren! – Ich will ihm nicht in die Suppe spucken! Ich bin kein Weltverbesserer! Ich bin für die bestehende Ordnung und meinen Platz an der Sonne! – Ich hab ein Recht darauf! – Einen schönen Platz! Das muss er verstehen!‹

Es machte klick in der Leitung und das Gebrüll hörte auf. Trotz seiner neunzig Kilo fühlte sich Godot plötzlich unsicher wie ein Schuljunge. Er hatte einen Streich gespielt und der »Herr« war im Begriff aufzutauchen! Jetzt war es zu spät, um abzuhauen! Und wie ein grünschnäbliger Schüler mit Prüfungsangst sagte er sich: ›Wenn er kommt, bevor ich bis zehn gezählt hab, wird alles gut!‹

Bei neun öffnete sich die Tür.

Der Mann, der eintrat, war über sechzig, hatte silbergraues Haar, einen weißen Oberlippenbart und eine zarte rosige Gesichtsfarbe. Er schien über die Maßen gereizt und knallte die Tür zu.

»Aha! – Sie sind es also, der sich hier solche Scherze erlaubt?«

Es war noch schlimmer, als Godot erwartet hatte. Einem Schläger von zweihundert Pfund, einem muskelbepackten Kraftpaket gegenüber hätte er sich ganz auf seinem Terrain gefühlt. – Aber gegen ein kurz angebundenes kleines Männchen musste er, wie ein Kavallerie-General auf dem Rückzug, improvisieren: Ganz die alte Schule, unser Coudert Auguste!

Er schien unangreifbar zu sein, über jeden Verdacht erhaben. Ganz abgesehen von seinen großen Leistungen verkörperte er Vertrauen, die Rechtschaffenheit in Person: Ein Krebs in seinem kolossalen Schutzpanzer!

Godot erhob sich, scheinbar völlig entspannt.

»Entschuldigen Sie die späte Störung –«

Er streckte dem anderen die Hand entgegen:

»Henri Godot.«

Sein Gegenüber übersah die ausgestreckte Hand geflissentlich.

»Was wollen Sie?«

»Ihre Unterstützung!«

»Und Sie kommen um zehn Uhr abends, um meine Unterstützung zu erbitten? Was soll das? – Was sagten Sie mir da eben? – Wer ist tot?«

»Kuntz hat sich umgebracht, vor ungefähr fünf Stunden.«

»Das tut mir aber wirklich Leid! Wer ist Kuntz?«

»Zu dieser Stunde – nicht mehr viel! Ich nehme an, dass die Polizei ihre Ermittlungen aufgenommen hat und dabei ist, seine Unterlagen zu durchwühlen.«

»All das ist wirklich bedauerlich! – Kuntz? – Warten Sie mal – Aber ja, ich erinnere mich –«

Auf einmal ganz der verständnisvolle Vorgesetzte, unser Coudert Auguste, voll Mitgefühl und Anteilnahme:

»Schreckliche Neuigkeit, wirklich! – Selbstmord? – Sie wollen sagen, dass …?«

Er schüttelte den Kopf darüber, wie bei einer Sache, die allzu grauenhaft ist. Kein bisschen Angst um sich selbst, der Coudert Auguste: konventionelle Höflichkeiten angesichts des Todes eines Mitarbeiters.

›Liege ich womöglich daneben?‹, dachte Godot, der sich in einer heiklen Lage befand. – ›Er scheint mir die Sache nicht gerade einfacher machen zu wollen!‹

Coudert bedeutete ihm, sich zu setzen, während er selbst sich am riesigen Schreibtisch in Pose setzte.

»Meiner Unterstützung können Sie selbstverständlich voll

und ganz versichert sein. Muss ich davon ausgehen, dass sein – äh – unglückliches Handeln in einem wie auch immer gearteten Zusammenhang mit seinen Tätigkeiten bei der Bank steht?«

»Mit seinen vorhergehenden Tätigkeiten!«, antwortete Godot und setzte sich in einen Sessel.

»Vorhergehend?«

»Bei der Zürcher!«

›Es ist soweit, guter Mann! Jetzt bist du an der Reihe!‹

Coudert war langsam um das riesige Möbelstück herumgegangen, um sich auf seinen Thron zu setzen. Ein Fehler! Er wurde auf einen Schlag genauso lächerlich, wie sein Sprössling es gewesen war. Jedoch schien er nicht nervös zu sein. Er öffnete eine Schublade und holte einen Block hervor.

Ihm gegenüber, auf der anderen Seite des Schreibtisches, glaubte Godot jedoch erraten zu können, dass die Schublade immer noch halb offen stand.

›Was hat er da in der Hinterhand? – Eine Kanone? Das entspricht so ganz und gar nicht dem Stil des Hauses. – Ein Aufnahmegerät vielleicht? – Schon eher wahrscheinlich.‹

»Ihr Name? – G, O, …?«

»G, O, D, O, T – Henri!«

»Sind Sie ein Verwandter von Kuntz?«

»Keineswegs!«

»Dürfte ich dann also erfahren, in wessen Auftrag Sie hier sind?«

»In meinem eigenen Auftrag.«

Godot öffnete seine Lederaktentasche und zog die Unterlagen zum *Le Prince* heraus. Er rutschte auf der Kante seines Sessels nach vorne und legte die Mappe aus Kunstleder auf den Schreibtisch.

»Ich bin Miteigentümer des *Café Le Prince* auf den Champs-Elysées. Ich habe umfangreiche Baumaßnahmen geplant und ich benötige finanzielle Unterstützung.«

»Einfach so? Um zehn Uhr abends?«

Coudert betrachtete die Unterlagen, ließ sie aber liegen. Man spürte, dass er angespannt war; er schnaubte leicht.

»Ich begreife wirklich nicht den Zusammenhang mit dem – äh – Todesfall, den Sie mir hier mitteilen!«

»Es gibt keinen.«

Godot ließ die Stille wirken, zog an seiner Zigarette und stieß eine herrliche Rauchwolke aus. Coudert fing zu hüsteln an, obwohl er drei Meter vom Rauch entfernt saß. Überaus gereizt wedelte er mit der Hand durch die Luft. Er wies auf die Unterlagen.

»Sie hatten sicherlich Gespräche mit Kuntz aufgenommen?«

»So etwas in der Art.«

»Also, dann wird Ihre Angelegenheit ihren Lauf nehmen, mein Herr! Wir werden, wenn es soweit ist …«

»Sehr freundlich«, sagte Godot. »Es handelt sich um einen Kredit über einhundertdreißig bis einhundertfünfzig Millionen.«

»Alle Achtung!«

»Und ich hätte gern Ihre Unterstützung, um von Ihrer Gesellschaft angemessene Konditionen zu erhalten. – Obwohl die Angelegenheit absolut seriös ist oder vielmehr, weil sie absolut seriös ist, neigten die Banken, an die ich mich gewandt habe, dazu, mir übertrieben strenge Bedingungen auferlegen zu wollen.«

Godot hatte sich seine Sätze zurechtgelegt; er sprach sie sehr gelassen aus, ohne die Stimme zu heben, ganz locker. Von Drohung keine Spur. Er stellte schlicht und ergreifend sein Projekt vor, ganz der biedere Geschäftsmann.

»Das *Le Prince* in seinem aktuellen Zustand ist mehr wert. Aber selbst für den Fall, dass ein Gutachten den Wert ein bisschen geringer schätzen sollte, besitze ich noch einen Betrieb in der Rue Fontaine, der bei weitem zur Deckung reichen würde.«

Coudert hatte die Hand nach der Akte ausgestreckt, sie zu sich herübergeholt und blätterte geistesabwesend darin. Er dachte sichtlich an etwas anderes.

»Ich möchte Ihnen nicht verheimlichen«, fuhr Godot fort, »dass ich in diesem absolut seriösen Rahmen beabsichtige, die besten Konditionen zu bekommen. Ich bin davon überzeugt, dass ich Erfolg haben werde. Aber selbst für den Fall, dass dieser Erfolg etwas auf sich warten lassen sollte, will ich die absolute Garantie haben, nicht aus dem Geschäft gedrängt zu werden.«

Coudert hustete.

»Ihr Besuch schmeichelt mir; aber ich fürchte sehr, dass Sie meinen Einfluss überschätzen. Sie sollten doch immerhin bedenken, dass ich die Entscheidung nicht allein treffen kann.«

Godot antwortete nur mit einem Lächeln, das bedeuteten sollte: ›Das ist Ihr Problem!‹ – Coudert lehnte sich darauf demonstrativ in seinem Prunksessel zurück, seine ausgebreiteten Arme ruhten auf den Seitenlehnen. Er fixierte Godot für einige Augenblicke:

»Warum, glauben Sie, sollte ich mich für Ihre Geschichte interessieren?«

»Ich bin nicht empfindlich«, antwortete Godot. »Wenn ich Ihnen sage, dass Kuntz sich umgebracht hat, sind Sie nicht gezwungen, es mir zu glauben. Sie können ruhig vorher telefonieren.«

»Warum sollte ich das wollen? – Sie sprachen soeben von der Zürcher. In welcher Beziehung steht sie eigentlich zu dem, worüber wir uns hier unterhalten?«

Godot stand auf und schaute auf die offene Schublade:

»Sieh an! Sie zeichnen unser Gespräch auf?«

Coudert machte eine gereizte Geste und stieß die Schublade unvermittelt zu.

»Ich habe Ihnen eine Frage gestellt!«

Godot ging langsam um das Möbelstück herum und stützte sich mit dem Gesäß darauf ab, direkt neben dem ehrwürdigen Greis, und schaute auf ihn herab. Er nahm einen überaus vertraulichen Ton an:

»Kurz bevor er sich eine Kugel in den Kopf schoss, verbrannte Kuntz noch einige Papiere. – Aber er hinterließ seiner Frau einen Umschlag, mit dem Namen einer Bank, der Nummer eines Safes, einem Schlüssel und der entsprechenden Vollmacht. Darüber hinaus sagt er ihr so etwas wie: ›Ich kann nicht mehr! Aber du und die Kinder, ihr müsst leben! – Trenne dich nie vom Inhalt des Safes. Solange der in Sicherheit ist, muss dir ein gewisser Jemand eine angemessene Rente auszahlen.‹ – Ich überspringe den herzzerreißenden Abschied.«

»Haben Sie diesen Umschlag?«

»In meinem Besitz, ja! Aber selbstverständlich nicht hier!«

»Weswegen sollte das Ihrer Ansicht nach mich betreffen?«

»Die Zürcher, die Großbrände in den Kaufhäusern, vierzig Leichen, darunter die eines gewissen Gilbert – !«

Die zarte, rosige Gesichtsfarbe war einem verwaschenen Grau gewichen, das schlecht mit dem silbergrauen Schnurrbart harmonierte.

»Hören Sie, ein Gericht hat schon vor langer Zeit ein Gerichtsurteil – äh –«

Er geriet ins Stottern!

Godot machte eine unbestimmte Handbewegung. Er war nicht unzufrieden mit sich: und zack! Am Ende der Partie kassiere ich! – Etwas senil, unser Coudert Auguste – ganz im Gegensatz zu ihm!

Er setzte sich wieder in seinen Sessel; Stille breitete sich aus. Es war nicht Godots Absicht, Coudert zu erledigen, sondern seine Unterstützung zu bekommen.

Sein Gegenüber regte sich auf seinem Thron; er setzte auf Ironie.

»Und Sie meinen, dass diese Phantastereien, die Sie mir da um zehn Uhr abends auftischen, mich um den Schlaf bringen werden?«

»Sie werden im Laufe des morgigen Tages eine Fotokopie des Briefes erhalten«, sagte Godot ruhig. »Wohlgemerkt wird darin alles, was mit dem Standort des Safes zu tun hat, geschwärzt sein!«

»Das ist mir völlig gleichgültig!«

»Umso besser!«, warf Godot ein. »Wenn Sie die Fotokopie erhalten haben, wird nie wieder von dieser Sache zwischen uns die Rede sein. Ich weiß Bescheid; und Sie wissen, dass ich Bescheid weiß; das reicht völlig. Sie würden sich mit Ihrem Ansehen doch für Ihre Freunde einsetzen? Und ich wäre geschmeichelt, mich zu diesen zählen zu dürfen. Das ist alles! Dass ich um zehn Uhr abends zu Ihnen gekommen bin, hatte kein anderes Ziel, als Sie zu beruhigen, was die Folgen dieses unglücklichen und unverständlichen Todesfalls angeht.«

»Ich kann Ihnen versichern, verehrter Herr, dass ich keineswegs Ihrer Beruhigung bedarf!«

Der kleine, hagere Mann schien nur schwer an sich halten zu können. Er hatte sich nun seinerseits erhoben und ging wütend im Zimmer auf und ab, die Hände auf dem Rücken; ab und zu war ein ›Dreckskerl!‹ zu hören.

Godot, der sich ganz und gar nicht angesprochen fühlte, stimmte durch energisches Kopfnicken zu:

»Voll und ganz Ihrer Meinung! Diese Schweizer wissen einfach nicht, was sich gehört!«

»Nicht wahr?«, stimmte Coudert zu, der sich plötzlich wieder gefasst hatte.

Er ging zu seinem Schreibtisch zurück und nahm die Unterlagen wieder in die Hand.

»Ich schaue mir das genau an. Wenn die Angelegenheit so seriös ist, wie Sie sagen, gibt es keinen Grund, Ihnen meine Unterstützung zu verweigern.«

»Wie viel Zeit wird das in Anspruch nehmen?«

»Auch noch eilig! –«, stieß Coudert hervor, gleich einem Sprengsatz, der gezwungen ist, in aller Höflichkeit zu explodieren. – »Mein Herr, ich hoffe, dass Sie nicht beabsichtigen, diesen Kredit für das laufende Geschäftjahr zu bekommen?«

»Ich würde mit den Bauarbeiten gerne im Oktober beginnen.«

»Unsere nächste Generalversammlung wird erst um diese Zeit stattfinden. Frühestens zu diesem Zeitpunkt könnte ich versuchen, Ihren Wunsch einzubringen. – Immerhin handelt es sich um hundertfünfzig Millionen!«

»Das ist Ihre Sache!«, erwiderte Godot; er erhob sich: »Was mich angeht, so bin ich sehr optimistisch. Ich bin davon überzeugt, dass wir in Kürze zu einer Übereinkunft kommen werden. – Am besten, wir verlieren keine Zeit. Lassen Sie uns doch gleich für morgen einen Termin vereinbaren, um die Räumlichkeiten zu besichtigen, nicht?«

»Morgen? – Unmöglich! Ich muss …«

»Na, dann lassen Sie uns gleich heute Abend hingehen!«, schlug Godot vor, während er ihn freundschaftlich in Richtung Tür schob. »Mein Auto steht draußen: Es ist nur fünf Minuten von hier. Damit diese interessante Unterhaltung nicht einfach so verpufft!«

»Einen Moment!«, wandte Coudert ein, während er sich losmachte.

Er war wieder ganz der Alte: Er hatte seine rosige Gesichtsfarbe wiedergewonnen und schien sehr ruhig. Er hatte auf einen Knopf am Telefon gedrückt und wartete, den Hörer in der Hand.

»Wenn Sie gestatten: Ich habe noch einige Vorkehrungen zu treffen. Und außerdem vertraue ich mich nur mit meinem eigenen Chauffeur dem Pariser Straßenverkehr an. – Seien Sie unbesorgt, Sie werden sehr bald von mir hören! Ganz sicher schon morgen. – Vielleicht sogar schon heute Nacht!«

Er hob den Hörer leicht an.

»Bernard? – Begleiten Sie doch bitte den Herrn zu seinem Wagen. – Und dann kommen Sie bitte zu mir herauf, in mein Arbeitszimmer! Ich erwarte Sie!«

Er legte auf, deutete einen herablassenden Abschiedsgruß an und murmelte:

»Wir sehen uns sicher bald wieder!«

Anschließend verließ er majestätisch durch die kleine Tür links vom Wandteppich das Arbeitszimmer.

Godot spürte so etwas wie Blutgeschmack im Mund und

hatte plötzlich das unerfreuliche Gefühl, seinen Gegner unterschätzt zu haben.

Der Pförtner, der auch als Chauffeur fungierte, trat ein; mit seiner breiten Gestalt, die den ehemaligen Polizisten nicht verleugnen konnte, mit seinem roten Gesicht und seinem kurzgeschnittenen Haar glich er einem Bodyguard bei einer Wahlveranstaltung! Er hatte die kleinen verwaschenen Augen eines listigen Zuchtebers, die Godot mit einem Ausdruck fixierten, als träfe er die notwendigen Maßnahmen, um ihn ins Gras beißen zu lassen.

»Wenn der Herr mir bitte folgen möchten.«

Ja! Besser ihm folgen, als vorausgehen!

Godot konnte erst auf dem Bürgersteig wieder aufatmen, als die Tür bereits geschlossen war. Zwei Polizisten zu Fahrrad kamen auf ihrer Runde vorbei, als seien sie extra zu seinem Schutz herbeigerufen worden.

XIV

Man konnte gerade noch den Kamin der Ziegelei erkennen. Etwas weiter entfernt blinkten die großen Radioantennen in kurzen Abständen rot und weiß: Rot-weiß ... Schwarz! – Rotweiß ... Schwarz! Wie ein großes Uhrwerk, das mit der Dämmerung eingesetzt hatte und erst im Morgengrauen aufhören würde.

Es waren ein paar Sterne zu sehen, aber nach Paris zu warfen die Lichter der Stadt ein rötliches Leuchten auf den wolkenverhangenen Himmel.

Ziemlich weit weg, bei Sucy, klang Musik aus der Jukebox einer Bar. Weiter unten am Ende des Tals bellte von Zeit zu Zeit ein Hund und weckte damit einen großen Mastiff, der in der Nähe antwortete.

Jo knipste sein Feuerzeug an und sah auf die Armbanduhr: elf Uhr zehn! Wirklich praktisch, so ein Feuerzeug. Er hätte jedoch liebend gerne ein Dutzend davon hergegeben für eine Thermoskanne voll Kaffee. So eine Nachtwache hatte er schon lange nicht mehr geschoben!

Er saß abseits in einem verlassenen Garten, in einer Art Hasenstall. Etwa dreißig Schritte von ihm entfernt stand einsam das Haus mit den verrosteten Fensterläden, wirklich mitten in der Pampa. Nach links waren es sicher an die hundert Meter bis zu der ersten Behausung: ein mit Blumen verzierter Betonklotz, an dem sich der Bewohner verkünstelt hatte. Von dort kam das durchdringende Bellen des Mastiff; die Familie war früh schlafen gegangen, kein Licht brannte mehr.

Jo stand auf und sah noch einmal zu dem Haus mit den geschlossenen Läden hinüber. Jetzt, bei Nacht konnte man nicht mehr viel erkennen, aber man konnte es sich vorstellen, wie es dastand, schmal und hoch wie ein Rentnerhäuschen:

zwei Zimmer im Erdgeschoss, zwei im ersten Stock, und oben drauf ein Ziegeldach.

Im letzten Tageslicht hatte er sehen können, dass es nicht gerade schön war, sondern ein richtiger Bunker, mit seiner Eichentür und den Fensterläden aus Metall. Mit Fred zusammen hatte er versucht, die Tür aufzubrechen. Doch eine Brechstange reichte dafür nicht, da brauchte man schon eine Ladung Dynamit.

Die Bewohner waren nicht da. Fred war ihnen gefolgt, hatte einen Augenblick in der Nähe gewartet und sie dann gegen sieben Uhr im Citroën 15/6 wegfahren sehen. Jetzt hieß es warten – mit einer äußerst interessanten Unterredung in Aussicht!

Fred war gegen neun Uhr im Junior weggefahren, um Bericht zu erstatten und die Lage beim *Faisan Noir* zu peilen. Er hatte angekündigt, ihn gegen drei Uhr früh abzulösen, aber so langsam glaubte Jo nicht mehr so richtig daran.

Oder war es vielleicht schon einmal vorgekommen, dass Fred sich aufgerafft hatte, um ihm aus der Bredouille zu helfen? Nicht ein einziges Mal! – Wie die Polizei war er immer erst aufgetaucht, wenn die Schießerei vorbei war – um sich danach zu brüsten, als wäre alles einzig und allein sein Verdienst!

Dass Fred ein Feigling war, konnte man nicht behaupten. Zwei, drei Mal hatte er seinen Mann gestanden, als es nötig war. Er schoss schnell, dachte schnell und wich vor niemandem zurück; noch besser beherrschte er es jedoch, sich zu verkrümeln, um die Arbeit seinem »Rekruten« zu überlassen! Ein Meister! Sie konnten wochenlang ein Herz und eine Seele sein, doch wenn es hart auf hart kam, dann steckte er gerne zurück, um dem Kadetten Berufserfahrung zu verschaffen!

»Das überlass ich dir! Na los! Ist ne gute Übung für dich!«

Aufgrund dieser gnädigen Herablassung musste Jo in neun von zehn Fällen seinen Kopf hinhalten. Es war ihm noch nie in den Sinn gekommen, Bilanz zu ziehen, doch jetzt, unter diesem rötlich-schwarzen Himmel, der aussah wie eine schlecht abgewischte Schiefertafel, begann er zu addieren!

Und es summierte sich gewaltig!

Den Adjutanten nicht mitgerechnet, den er im Busch niedergestreckt hatte: das war eine private Angelegenheit gewesen, einer weniger von diesen Stinkstiefeln! Und abgesehen von diesem Scheißaraber aus Pré-Saint-Gervais, der ihn für einen warmen Bruder gehalten hatte: Das war eben ein Missverständnis gewesen. – Er hatte also im Grunde noch eine weiße Weste, als Fred sich seiner angenommen hatte. Damals hatte er zum Ruhme Frankreichs getötet; so hatte es die Moral geboten.

Seit der Zeit beim Militär hatte er nicht mehr auf Befehl getötet.

Aber zunächst einmal musste er beweisen, dass er etwas von seinem Handwerk verstand. Und ob er das tat! Keine Spur von Angst, kein Nervenflattern, keine Patzer! Er ging äußerst präzise, effektiv und schnell zu Werke.

Nachdem er ja mit eigenem Werkzeug arbeitete, musste er sich erst einmal ein seinen Bedürfnissen entsprechendes Arsenal zulegen. Die Luger eines ehemaligen Widerstandskämpfers war ein gutes, jedoch etwas schweres Werkzeug mit einem schon etwas brüchigen Griff gewesen, das er ein wenig überstürzt in der Saône versenkt hatte, nachdem er einen gewissen Mario um die Ecke gebracht hatte.

Dann kam Broco, der alte Trommelrevolver aus Toledo, ein 1892er Jahrgang, der aussah wie ein Scherzartikel. – Für Schüsse aus der Entfernung war er natürlich völlig ungeeignet; aber wenn man ihn mit 7,65er Kugeln fütterte, die ganz sicher nicht zu diesem Zweck gedacht waren, erhielt man doch ein Instrument, das auf sechs Meter tötete, ohne dabei wesentlich mehr Lärm zu machen als ein erfolglos unterdrücktes Niesen. Ein kleines Wunder! Die Erfinder der Schalldämpfer konnten alle einpacken: Auf Broco war wirklich Verlass, er war immer treu zur Stelle!

Und dann kam die Zeit der 22er, die überall zu kaufen waren wie Erdnusstüten. Im Grunde waren die gar nicht so schlecht, aber etwas dilettantisch wirkte man doch mit so einem Spielzeug in der Hand. Man muss ja schließlich auch an sein Image denken. Oder fährt man vielleicht in einem 2 CV die Rallye Monte-Carlo?

Ernsthafter war die Sache dann mit der Rock-Ola geworden, einem amerikanischen Karabiner, den er liebevoll bearbeitet hatte, mit seinem abgesägten Lauf, dem umgeformten Kolben und dem originellen Befestigungssystem, wodurch er sich an einem Riemen unter einer weiten Jacke tragen ließ. Nur eine einzige Bewegung, und schon konnte man loslegen – und zwar mit äußerster Präzision! – Jo hatte noch eine weitere Verbesserung ausgetüftelt: Die ausgeworfenen Patronenhülsen wurden nach jedem Schuss automatisch aufgefangen! Schließlich hatte er seine Mechanikerlehre nicht umsonst gemacht!

Seine Aktuelle war Nénette! Und wenn Jo im Sakko auftauchte und sich etwas steif auf die Stuhlkante setzte, dann wussten einige im Viertel ganz genau, dass sich da etwas zusammenbraute.

Außer Fred hatte noch niemand Gelegenheit gehabt, Nénette zweimal zu sehen. Und doch machte sie sich unter den Insidern langsam einen beachtlichen Ruf. Sie sorgte für einigen Gesprächsstoff! Erst am Vortag hatte man bei der Kripo wieder einmal diese verhängnisvollen kleinen Geschosse gefunden, die dank ihrer angefeilten Spitze nur halb zerplatzten und damit extreme Blutungen auslösten. Den Trick mit der Dreikantfeile hatte Jo mit allen Raffinessen aus Indochina mitgebracht. Als Scharfschütze, ausgebildet im Umgang mit Kriegsgeräten, hatte Jo dort erfolgreich gelernt, ein Menschenleben zu missachten; mit Nénette hatte er nun sein ideales Werkzeug gefunden, das ihm zum Broterwerb diente.

Schön und gut! – Aber allzu stark aufblasen sollte er sich trotz allem nicht! Alles hat seine Grenzen. Gestern hätte diese Pappnase Betti doch um ein Haar seine Hand getroffen. Und kaum ist man mit dem Gegner fertig, haben es die Sturmtruppen auf einen abgesehen!

Dieses Metier war doch wirklich aussichtslos. Nur für die Drecksarbeit war man gut genug. Von wegen »Karriere mit

Zukunft«. Aber wenn einer sich dann selbständig machen wollte, dachte man an den einfachen Mann zuletzt!

Es war eine milde Nacht und wenn die Wolkendecke aufriss, konnte Jo die Sterne sehen. Er dachte an Colette. Er dachte auch an die Rue des Annelets im 19. Stadtbezirk mit der langen Treppe hinunter zur Rue de Crimée. – Treppenstufen, das war etwas für feine Leute. Er war immer auf seinen alten Tretern hinuntergerutscht oder gleich auf dem Hosenboden: So war er immer schneller als die anderen gewesen, die die Stufen hinuntergingen; doch gelegentlich war er dabei auch auf die Schnauze gefallen.

Inzwischen war die Rue des Annelets weit weg für ihn! Dort hatte er seinen ersten Job gehabt: Feinmechanik mit Gewindebohrer und Schneideisen. – Er roch ständig nach Öl; zum Mittagessen kam er im Blaumann nach Hause. Damals hieß er noch Robert. Zum Spaßhaben ging man ins Féerique oder ins Brunet-Palace. Dort gab es Tiger und Elefanten aus heißen Ländern zu bewundern, und die wackelnden Hüften schöner Maiden. Auch Gangster bekam man dort zu sehen, jedoch eher welche von der lustigen Sorte, mit dem Theater, das sie veranstalteten, und ihrem Draufgängertum. – Wirklich verlockend war das alles aber nicht – zumindest nicht für einen Träumer, wie er einer war. Verlockend war für ihn die Südsee gewesen: Sonne, Palmen, die bengalischen Lanzenreiter, tatendurstige Leutnants, der Tempel von Angkor-Wat, Brückenbauer, ferne Prinzessinnen, ein hoher Sold, und nicht zuletzt die Vorstellung, Papa, diesem alten Anarchisten, Kontra zu geben.

Das alles war jetzt ganz schön weit weg! Mit dem kleinen Jungen Vincent Robert hatte Jo, der im fauligen Morast Indochinas geboren wurde, nicht mehr das Geringste am Hut. – Seinen ersten anständigen Lohn hatte er seiner Mutter geschickt; er hatte noch nicht begriffen, dass das der Preis für seinen Kopf war. – Als ihm das dann klar geworden war, hatte er es auf einmal weniger eilig damit, Geld für die kleine Reparaturwerkstatt zu sparen, die er sich nach der Heimkehr hatte kaufen wollen: Dann lieber kurz und heftig!

Es war doch wirklich zum Heulen: Damals hätte er ein Mädchen wie Colette kennenlernen sollen! – Jetzt stand er mit leeren Händen da – mit leeren Händen, die nur mit einer tödlichen Lady umgehen konnten: Was für ein beschissenes Metier!

Er knipste erneut sein Feuerzeug an und sah auf die Uhr; es kam ihm so vor, als sei inzwischen eine Ewigkeit verstrichen: Dabei war es erst elf Uhr zwanzig!

Er machte fünf, sechs Schritte, kam dann zum Stall zurück. – In fünfhundert Metern Entfernung durchlöcherten die rotweißen Lichtsignale noch immer unbeirrbar den Himmel: an, aus, an, aus. – Das konnte einen wirklich wahnsinnig machen!

Von weitem war der Verkehr auf der Straße nach Tournan zu hören: Die dumpfen Motorengeräusche der letzten Heimreisenden am Sonntagabend waren als gedämpfter Klangteppich zu vernehmen.

Langsam begann Jo seinen Hunger zu spüren. Doch plötzlich war es, als würde ein Schalter in seinem Kopf umgelegt: Er spürte keinen Hunger mehr, sah auch die tanzenden Lichter der Radioantennen nicht mehr. – Er horchte auf: Da war auf einmal ein ganz neuer Ton! Ein schnelles Auto hatte die Straße nach Sucy verlassen und bog im zweiten Gang in den schlammigen Weg ein: Einen Augenblick später sah er die Scheinwerfer. Beinahe geräuschlos kam das Auto näher.

Jo hatte sich in die Wiese hinter dem Hasenstall gelegt. Langsam hatte er seinen Karabiner mit dem abgesägten Lauf unter seiner Jacke hervorgeholt: Brocos Griff lugte aus der Tiefe der rechten Tasche kaum hervor.

Als das Auto stehenblieb, gab es keine weiteren Überraschungen. Er hörte, wie die Türen geöffnet wurden. – Der Motor ging aus, die Scheinwerfer erloschen.

Jo erkannte Tonios kleine Gestalt, gefolgt von Luc, der sich über das verrostete Vorhängeschloss beugte. – Er schob seine Hand unter den Bügel und spürte den zum Abschuss bereiten Abzug. – Die beiden da unten hatten nichts in der Hand.

Die Gartentür ging auf und Jo sagte sich: »Eigentlich hätte ich schon ...«

Er sah die beiden Silhouetten den Garten mit dem hohen Gras durchqueren. Er folgte ihren Bewegungen mit dem Lauf, wobei er beinahe einen Halbkreis beschrieb. Nicht einen Augenblick lang witterten die beiden seine Anwesenheit: Dort waren sie, ein leichtes Ziel, so unglaublich verletzlich. – Luc schien einen Schlüsselbund zu schlenkern, der dabei leise klimperte. Er stieg die zwei Stufen zur Eichentür hinauf: Jetzt standen die beiden deutlich sichtbar vor der Hausmauer. – Über das aufgesetzte und zurechtgefeilte Korn visierte er die beiden an: Sie standen mit ihren weintraubengroßen Köpfen direkt in der Schusslinie: Eine leichte Beute!

Die Eichentür ging auf und wieder zu – und Jo saß immer noch auf dem Rasen, auf einmal war er wieder allein im Garten. Er stieß einen Seufzer aus und begriff plötzlich, dass ihn die ganze Sache eigentlich gar nichts anging!

Einen Moment lang hielt er inne und fragte sich, was eigentlich mit ihm los war: Vielleicht hatte er einfach die Schnauze voll von seinem Job? – Warum sollte er eigentlich zwei Jungs umlegen, die ihm persönlich überhaupt nichts getan hatten?

›Ich werde doch nicht auf einmal zum Anarchisten werden wie mein Alter?‹, fragte er sich beunruhigt.

Jetzt war allerdings nicht der Augenblick zum Philosophieren! Jetzt hieß es handeln!

Behutsam näherte er sich dem schwarzen Haus. Er stieg die zwei Stufen hinauf und stellte fest, dass der Schlüssel noch in der Eichentür steckte.

Was für Pappnasen, die beiden, Mensch! – Ihr Glück, dass sie es mit einem Jo zu tun hatten, den die Liebe völlig verwandelt hatte!

Er trat vorsichtig ein, die Hand für alle Fälle an Nénettes Griff. Man sah überhaupt nichts; es roch schimmlig. Dafür waren Geräusche zu hören, die aus dem Keller zu kommen schienen.

Jo kam mit den besten Absichten, trotzdem war es nicht gerade die passende Situation, um einfach zu rufen: »Jemand zu Hause?« Der beste Einstieg in die Verhandlung war es, eine strategisch möglichst gute Ausgangsposition zu haben.

Tastend fand er die Kellertür und konnte sich an dem Lichtschimmer orientieren, der mit dem Geruch nach Petroleumlampe von dort unten heraufdrang. Er stieg vier Stufen hinab und sah sie mit dem Rücken zu ihm vor einem Kohleheizkessel stehen. Sie begutachteten Annibals Leiche, die in einer Ecke lag.

Die kupferne Petroleumlampe mit vier verschiedenfarbigen Gläsern hatten sie auf einer Kiste abgestellt. Sobald er auf sich aufmerksam machen würde, würden sie sicher erstmal losballern.

Jos Absichten waren zu edel, als dass er ein unnötiges Risiko in Kauf genommen hätte. Außerdem fand er das Lämpchen sehr hübsch und wollte nicht, dass es etwas abbekam.

Es war unglaublich! Er stand keine fünf Meter von ihnen entfernt, und sie hatten ihn nicht kommen hören! Verdienten solche Traumtänzer es überhaupt zu existieren? – Ach was, Traumtänzer: Killer noch dazu, die den armen kleinen Annibal kaltgemacht hatten. Diesen Schlappschwanz hatte Jo zwar noch nie riechen können, aber trotzdem!

Er hatte seine Taschenlampe in die linke Hand genommen; die rechte am Abzug von Nénette. – Tonio trat ein paar Schritte zurück und entfernte sich dadurch von der Lampe.

»Keine Bewegung, meine Lieben!«

Beide zuckten gleichzeitig zusammen, gleich darauf wurden zwei Paar Hände langsam zur Seite gestreckt.

Das darauf folgende Schweigen war unübertrefflich. Für Jo war dies einer der erfüllendsten Momente seines Lebens.

»Seid ihr bewaffnet?«, fragte er.

»In der linken Tasche«, sagte Tonio, ohne sich zu rühren.

»Hör mal, Jo«, meinte der schöne Luc, wobei er kaum merklich den Kopf drehte, »wir hatten doch echt noch nie was gegen dich!«

»Ich auch nicht«, sagte Jo. »An eurer Stelle, Jungs, würd ich mir nen anderen Job suchen. Ein zehnjähriges Kind würde euch mit seiner Knallkorkenpistole umlegen!«

»Aber Jo!«, versuchte Tonio zu schmeicheln, »du bist ja wohl kein zehnjähriges Kind!«

»Falls du uns verfolgt hast«, sagte Luc, »dann Hut ab, das war wirklich eine beachtliche Leistung! Wir haben wirklich aufgepasst!«

»Ich hab auf euch gewartet«, erklärte Jo. »Seit fünf Minuten hatte ich euch in der Schusslinie!«

Er betrachtete den am Boden ausgestreckten Körper.

»Nicht sehr nett, was ihr da gemacht habt!«

»Das war Betti!«, kam es wie aus einem Munde.

Jo nickte mit dem Kopf.

»Der kann nicht mehr das Gegenteil behaupten!«

Der Keller war sehr ungemütlich: nichts als Kisten und rostige Rohre. Es war kühl und so war noch kein Verwesungsgeruch wahrzunehmen; nur ganz leicht deutete sich da etwas an, noch überdeckt vom Schimmelgeruch, eher wie ein Geruch von einem verdorbenen Pilzgericht.

»Nehmt die Hände runter!«, sagte Jo, »Hätte ich euch umlegen wollen, wär das schon seit fünf Minuten erledigt!«

»Bist wirklich ein feiner Kerl, Jo«, meinte Tonio, bereit, alles Süßholz der Welt zu raspeln.

Luc wandte ihm sein hübsches kleines Gesicht eines Toten auf Urlaub zu; er wirkte misstrauischer.

»Du hast hier auf uns gewartet?«

»Im Garten. Ich hatte euch im Visier, seit ihr aus eurer Karre gestiegen seid.«

»Und wie hast du die Adresse rausgefunden?«

»Mach dir darüber mal keine Sorgen!«, sagte Jo. »Ich hatte genügend Zeit, mir ein paar Gedanken zu machen, während ich auf euch gewartet hab. Ich seh nicht, was es bringen könnte, euch umzulegen, während in der oberen Etage welche sitzen und kräftig absahnen.«

»In der oberen Etage?«, erschrak Tonio. »Sind sie etwa hier?«

»Quatsch! In der oberen Etage, in der die Fäden gezogen werden!«

Jo sah sich im Keller um. Er ging näher an Annibals Leiche heran, die halb nackt dalag, mit der vom Urin gelben Unterhose, getrockneten Blutflecken an der Seite, einem vollkommen ausgerenkten Unterarm und kreisförmigen Verbrennungen auf der schmächtigen Brust. Über die Leiche gebeugt blieb ihm beinahe die Luft weg: Der Gestank war eine Mischung aus Blut, verwesenden Eingeweiden und kaltem Schweiß.

»Der muss ganz schön was mitgemacht haben!«

»Das ist passiert, während wir am Gare du Nord waren«, sagte Luc. »Als wir dann nach Barbès zurückgekommen sind, war der erledigt. Wir durften ihn dann hierherbringen. – War er ein Kumpel von dir?«

»Wenn er mein Kumpel gewesen wär, dann würden wir jetzt sicher nicht hier zusammen plaudern«, sagte Jo.

Er machte Tonio ein Zeichen.

»Schnapp dir die Funzel, wir gehen rauf! Dieser Keller hier macht mich ganz trübsinnig. – Was wolltet ihr hier eigentlich machen?«

»Den da mitnehmen«, sagte Luc. »Es ist höchste Zeit! Wir haben eine passende Stelle gefunden und wollten ihn ins Wasser schmeißen.«

Er zeigte auf ein altes, völlig verrostetes Rad von einem Citroën B 14:

»Mit dem Teil da als Heiligenschein.«

»Raus hier!«, rief Jo, »Bloß raus hier! Schluss mit der Scheiße!«

Er bedrohte sie nicht einmal mehr mit seinem umgebauten Karabiner. Tonio hatte schon die Lampe in der Hand und Luc folgte ihm.

Schweigend stiegen sie die wenigen Stufen hinauf. Im Erdgeschoss öffnete Tonio eine Tür und stellte die Lampe auf einen Tisch mit einer rotgeblümten Decke.

Die Einrichtung bestand aus Eichenholzmöbeln, die direkt aus einem Werbeprospekt zu kommen schienen, nichts

Besonderes. Das ganze wirkte traurig wie ein Rentnerhaushalt, mit einem Buffet mit Glastüren und Marmorplatte. Alles war völlig verstaubt; die Tischdecke wirkte so, als hätte man sie schon einmal umgedreht. An einem Ende lagen noch Brotkrümel neben einer Tasse und einer Kaffeedose.

Jo wandte sich erneut an Tonio, da dieser offenbar das Mädchen für alles im Team war.

»Mein Guter, vielleicht könntest du ja etwas warmes Wasser und einen Bissen Brot für mich auftreiben. – Hab schon ewig nichts mehr zwischen die Kiemen gekriegt!«

»Uns gehts genauso!«, antwortete Tonio. »Kommt, wir gehen in die Küche. Da steht noch ein kleiner Gaskocher; wir machen uns was zu essen.«

Er nahm die kupferne Lampe, die mit all ihren bunten Perlen leuchtete. Die drei Männer tauten so langsam auf. Jo hatte seine Nénette endgültig weggesteckt. Interessiert sah er sich um.

In der Küche empfing sie ein Geruch nach altem Sauerkraut. Aus dem Wasserhahn tropfte es im Sekundentakt in ein Emaillebecken voll schmutzigem Geschirr.

»Nett habt ihrs hier! Nicht übel«, bekundete Jo.

Tonio durchstöberte einen Schrank.

»Erbsen, Cassoulet oder Sauerkraut?«

»Kein Sauerkraut!«, sagte Luc. »Das hatten wir mittags schon, als wir das Paket hergebracht haben. Das war etwas schwer verdaulich!«

»Cassoulet!«, sagte Jo.

Sie sahen Tonio dabei zu, wie er zwei Konservendosen öffnete und den Inhalt in einen Alutopf schüttete. Er schaltete den Herd ein; die leicht zischelnde Flamme verbreitete einen angenehmen Geruch im Raum.

»Kein Brot mehr da!«, stellte Tonio fest, der die Nase noch einmal in den Schrank gesteckt hatte.

Es war etwas zu spät, um den Bäcker in Sucy aufzuwecken. Tonio stellte schwungvoll drei Teller auf den Tisch mit der alten karierten Wachstuchdecke, die mit Polsternägeln befestigt war und genau in der Mitte den perfekten Abdruck eines Bügeleisens zeigte. – Drei Eisengabeln und drei Messer wurden aus dem Spülbecken geangelt und nachlässig am Geschirrtuch abgetrocknet. – Die Bohnen begannen schon im Topf zu blubbern.

Tonio servierte den dampfenden Eintopf und verteilte die Würste und Speckstücke. Er stellte einen Liter billigen Wein auf den Tisch.

»Kein Brot, aber dafür gibts was zu Trinken! Lasst es euch schmecken, Männer!«

Schweigend begannen sie zu essen; eine feierliche Stimmung machte sich breit. Es war fast Mitternacht! Höchste Zeit, sich mal was in den Magen zu befördern!

Der Schein der kleinen Kupferlampe tauchte die Gesichter in buntes Licht: Jo wurde blau angeleuchtet, Luc rot und Tonio bekam einen Violettstich. Der Matador-Glaszylinder rußte vor sich hin, und der für verlassene Gegenden typische Petroleumgeruch machte sich breit.

»Dabei bin ich ja eigentlich hergekommen, um euch umzulegen«, meinte Jo zwischen zwei Bissen. »Na ja, ich weiß ja nicht, wie's euch geht, Jungs, aber *ich* hab die Schnauze voll von diesem Job! Das hat doch keine Zukunft!«

»Da hast du irgendwie nicht Unrecht«, beeilte sich Tonio zu sagen.

»Solang man ledig ist, mag das ja noch gehen«, sagte Jo. »Aber wenn man dann vielleicht mal eine Familie gründen will: Da würde man ganz schön blöd dastehen, was?«

»Willst du etwa eine Familie gründen, Jo?«, fragte Luc mit einem kaum wahrnehmbaren Hauch von Ironie.

Die Ironie ging unter. Tonio aß seine gekochten Bohnen. Jo träumte vor sich hin. Er lächelte im blauen Licht und kaute abwesend.

»Warum sollen wir uns eigentlich gegenseitig die Köpfe einschlagen? – Wenn ihr wisst, worum es bei dem ganzen Aufruhr überhaupt geht, könnt ihr mich gerne ins Bild setzen. Ich hab keinen blassen Schimmer! Außer, dass Paconi und Godot nicht mehr gut aufeinander zu sprechen waren. Ich musste extra von der Côte heraufkommen, wo ich mich gut amüsiert hab. Und dann hab ich eben Betti und Paco in der Rue de Bassano gesehen, hab zu Godot gesagt: ›Da sind sie!‹ Er hat gesagt: ›Leg sie um!‹ Na ja, und das war's.«

Er deutete auf ein Loch im Ärmel seines Sakkos.

»Das hab ich Betti zu verdanken! Vielleicht wusste der ja, warum er das gemacht hat. Ich jedenfalls nicht!«

»Wir«, sagte Tonio, »sollten die gute Maine mitnehmen. Es war ausgemacht, dass wir ihr kein Haar krümmen dürfen. Paco hat sich mir gegenüber echt fair verhalten, da konnte ich also nicht nein sagen.«

»Klar!«, sagte Jo und nickte. »Außerdem ist es ja auch wirklich nett von den Chefs, uns Arbeit zu verschaffen! Und so müssen wir uns halt gegenseitig abschlachten. Sonst denken die am Ende noch, wir arbeiten nicht anständig! – Was für ein beschissener Job!«

»Das kannst du laut sagen!«, bestätigte Tonio nachdrücklich.

Der schöne Luc sagte gar nichts. Er hätte einen vorbildlichen Adjutanten abgegeben, daher war er angesichts dieser negativen Einstellung einigermaßen schockiert. Auf Jos Blick hin antwortete er vorsichtig und äußerst höflich.

»Hast nicht Unrecht, Jo. Außerdem hast du uns ja eben einen Gefallen getan; deshalb ist jetzt wohl nicht der Moment, mit dir einen Streit anfangen.«

»Bist du denn nicht einverstanden?«

»Ich beiß einfach nicht die Hand, die mich füttert, Jo. Du musst doch zugeben, dass es dir mit diesem beschissenen Job gar nicht so schlecht geht. Denk an das Auto, die großen Ferien, die flotten Mädels: Das ist allemal besser als ein Schreibtischjob, bei dem man ständig seinen Frust runterschlucken muss. Das hab ich erlebt, als ich nach Marseille gekommen bin. Ich schwör dir: Lieber sterb ich, als dass ich das noch mal mach!«

»Davon war ja auch gar nicht die Rede«, sagte Jo. »Wart doch mal ab!«

Aber Luc war das alles etwas auf den Magen geschlagen: die Leiche, das Sauerkraut und der kleine Angriff aus dem Hinterhalt. Ihm lief langsam die Galle über.

»Du brauchst dich wirklich nicht zu beschweren, Jo. Mit Riton Godot fährst du wirklich in der ersten Klasse: finanziell gut abgesichert, Sozialleistungen und Anerkennung im ganzen Viertel. Wir dagegen hangeln uns so von einer Woche zur nächsten, das kannst du mir glauben. Wenn du deinen Käse fallen lassen willst, dann fang ich ihn noch in der Luft auf!«

Sie kratzten schon die Teller aus. Das Cassoulet und das Verdauungsschlückchen hatten ihnen erst richtig Appetit gemacht.

»Es kommt überhaupt nicht in die Tüte, auf die errungenen Vorteile zu verzichten«, sagte Jo. »Mein Alter weiß wirklich, wie der Hase läuft bei diesen Gewerkschaftssachen. Also ich seh das Problem in unserer Branche darin, dass wir einfach nicht organisiert sind. Anstatt uns gegenseitig das Leben schwer zu machen, nur um Godot, Paco, Maine oder sonst einem großen Fisch einen Gefallen zu tun, hätten wir mehr davon, würd ich mal sagen, wenn wir uns untereinander einig werden. Wenn die Kleinen sich nicht einig sind, dann ist das ihr Tod! Hab ich nicht recht?«

»Voll und ganz!«, sagte Tonio im Brustton der Überzeugung.

»Wir müssen unseren Kopf hinhalten, damit die Herrschaften in der High Society mitspielen können«, fuhr Jo fort. »Sie tun so, als hätten sie wahnsinnig viel zu sagen; sie inszenieren sich bis zum Geht-nicht-mehr. Aber wenn es dann mal Ärger gibt, wer darf es dann wieder ausbaden? Das Fußvolk natürlich. So siehts doch aus, oder, Luc?«

»Rein theoretisch hast du ja vielleicht recht«, sagte Luc bedächtig, »aber ich habs nicht so mit den Ideologien!«

»Rein praktisch bist du noch am Leben!«, gab Jo zurück. »Vergiss das nicht, mein Lieber!«

Tonio gab eine Runde Zigaretten aus. Sie zündeten sie nacheinander an der flackernden Lampe an.

»Ich hab mir gedacht«, sagte Jo, »dass wir so ne Art Gewerkschaft gründen sollten! Wir Schützenbrüder hier vor Ort sind alle zusammen gerade mal an die zwanzig. Wenn wir zusammenhalten, anstatt uns gegenseitig aus dem Weg zu räumen, dann sind wir unschlagbar! – Von Zeit zu Zeit lassen wir uns dann auszahlen. Wir werden richtige Gentlemen, richtige Businessleute. Wir lassen es uns dann gut gehen, jeder mit seiner Schnecke. Und dann treffen wir uns zum Kartenkloppen und erzählen uns das Neuste vom Tag.«

»Du hast ja wirklich fortschrittliche Ideen«, sagte Luc versöhnlich. »Außerdem bist du wirklich ein anständiger Kerl, Jo! Anstatt uns umzulegen, sitzt du jetzt hier und quatschst mit uns; ein Korse vergisst so was nie!«

»Schon gut,« sagte Jo geschmeichelt. »Also, was haltet ihr nun davon? Sollen wir die Basis für einen Nichtangriffspakt schaffen?«

»Das machen wir!«, sagte Luc.

Sie wollten gerade ins Detail gehen, als Tonio die Ohren spitzte. Man hörte einen Motor brummen und das Knirschen der Reifen auf dem Weg. Das war nicht besonders laut; die Ankömmlinge waren jedoch auch nicht darauf bedacht, besonders leise zu sein.

»Da kommt wer! Das ist nicht zufällig dein Kumpel Fred?«

Jo schüttelte verneinend den Kopf.

»Ich denk nicht, dass der sich mit so einem Trara ankündigen würde!«

Sie deckten die Lampe ab und blickten durch die Ritze in den Fensterläden. Nein, das war nicht der Junior, der da vor dem Zaun zum Stehen kam, sondern ein großes, sogar sehr großes Auto. Jo dachte einen Augenblick an Godots Buick, aber kurz bevor die Scheinwerfer ausgingen, erkannte er am Steuer einen Chauffeur mit Mütze.

»Das ist Bernard!«, sagten die beiden Korsen.

»Der Besitzer von der Hütte hier«, sagte Tonio in Richtung Jo. »Weiß nicht, ob der sehr erfreut sein wird, dich hier zu sehen!«

»Wär aber besser für ihn«, sagte Luc mit einem leicht drohenden Ton in der Stimme. »Bleib hier, Jo! Ich klär das schon!«

Als die Scheinwerfer ausgegangen waren, sah man überhaupt nichts mehr – nur eine kleine Lampe, die durch den Garten tanzte. Um auf Nummer sicher zu gehen, schob Luc den Lauf seiner Maschinenpistole durch den Spalt zwischen den Fensterläden, während Tonio mit der Petroleumlampe in der einen Hand und einer Knarre in der anderen nach unten ging, den Ankömmling an der Tür in Empfang zu nehmen.

»Na so was, die sind zu zweit!«, stellte Luc überrascht fest. »Ob Bernard uns einen Kunden bringt?«

Einen Augenblick später betraten sie das Esszimmer.

»Wer ist das denn?«, fragte Bernard und deutete dabei auf Jo.

»Ein Freund!«, sagte Luc.

»Das hab ich aber nicht so gern! Den hab ich nicht eingeladen!«

Aber der Mann, der mit Bernard gekommen war, machte eine beschwichtigende Geste. – Die drei Killer musterten den kleinen Mann, der sich verfroren in seinen Mantel mit dem hochgestellten Kragen eingemummt hatte, auf dem Kopf ein grauer Hut mit hochgerollter Krempe. Er hatte einen weißen Schnurrbart, eine große Nase und sah etwas erschöpft aus.

Er wirkte nicht im geringsten eingeschüchtert. Er achtete kaum auf die Männer, interessierte sich mehr für das Zimmer und ließ sich die Wohnung erklären.

»Und da vorne ist die Küche, nicht wahr, Bernard?«

»So ist es.«

»Wie viele Zimmer sind oben?«

»Zwei Zimmer.«

›Was hat das denn zu bedeuten?‹, fragten sich die drei Männer. ›Ein Käufer? Zu dieser nachtschlafenden Zeit?‹ Und: ›Sollte der umgelegt werden, oder was?‹

»Und unten? Gibt es einen Keller?«

»Ja, den gibt es.«

Ganz schön ehrerbietig, dieser Bernard.

»Können wir uns dcn ansehen?«

Das hatte gerade noch gefehlt! – Wer auch immer das war, er würde auf jeden Fall ein Gesicht machen, der gute Mann, wenn er Annibals Leiche sah. Dazu durfte es nicht kommen!

»Gehen wir!«, sagte Bernard.

»Moment!«, rief Luc.

»Was ist denn los?«

»Äh – na ja, da unten ist jemand.«

»Nicht etwa noch ein Freund!«, empörte sich der Chauffeur.

»Na ja, das ist jemand, äh, dem es gerade nicht besonders gut geht.«

»Das darf doch nicht wahr sein!«, brüllte Bernard.

Er schnappte sich die Taschenlampe und stürzte die Kellertreppe hinunter. Einen Moment lang herrschte Totenstille, darauf folgte die Explosion.

»Aaaaaaaaaaaaaaah! Was für Schweine! Aaah! Himmel Herrgott! Himmel Herrgott! Himmel Herrgott!«

Das nahm kein Ende mehr!

»Es geht ihm wohl sehr schlecht?«, fragte der freundliche Alte die drei Killer gelassen.

»Jede Behandlung wäre zwecklos!«, sagte Luc niedergeschmettert.

Wutentbrannt kam Bernard wieder nach oben.

»Ihr Schweine! – Oh nein, nein und nochmals nein!«

Der kleine Mann hob beschwichtigend die Hand.

»Lassen Sie es gut sein, Bernard! Jetzt müssen Sie mir die Herrn zumindest nicht mehr vorstellen!«

Und als der seine Tirade nicht beenden wollte, unterbrach er ihn einfach:

»Es reicht jetzt!«

Er setzte sich und bedeutete den anderen, um den Tisch herum Platz zu nehmen. Sich vorzustellen, hatte er nicht nötig: Er war eindeutig der Boss!

Er hatte sich etwas abseits in eine dunkle Ecke gesetzt, saß sehr aufrecht auf seinem Stuhl, den Mantelkragen noch immer hochgeschlagen.

»Wo zwei satt werden, wird auch ein Dritter satt!«, sagte er. »Sie scheinen die Arbeit ja nicht zu scheuen, oder?«

In seiner Stimme schwang ein Hauch von Verachtung mit, was eine ziemlich unangenehme Atmosphäre schuf. Niemand antwortete ihm.

»Das müsste ich schon wissen!«, fuhr er leicht gereizt fort. »Sind Sie bereit zu arbeiten, ja oder nein?«

»Einerseits schon«, sagte Tonio. »Aber wir müssten eben auch wissen, worum es denn so geht?«

»Ich zahle!«, sagte Coudert. »Ich zahle immer einen sehr guten Preis!«

All das schien keinen besonders großen Eindruck zu machen. Die Korsen setzten schon ein abweisendes Gesicht auf. Zum Glück nahm »Herr« Bernard die Angelegenheit in die Hand.

»Na los, Jungs! Es geht ja nur darum, zu erfahren, ob ihr auch fähig seid zu dem, was man von euch verlangt! – Ihr seid doch nicht etwa beleidigt, oder?«

»Na ja, die Miete muss ja schließlich auch bezahlt werden!«, fiel Luc mürrisch ein. »Die Abrechnung darf nicht lange auf sich warten lassen! Die muss pünktlich da sein!«

»Ich wende mich immer nur an die besten Spezialisten!«, fügte Coudert hinzu.

»Und ich bezahle sie sehr gut. Das ist meine Politik.«

Das darauf folgende Schweigen war schon verständnisvoller. Schließlich fragte Luc im Ton eines Lieferanten:

»Dann erklären Sie uns doch bitte den Sachverhalt!«

»Eine halbe Million pro Nase«, sagte Coudert. »Es geht darum, mir ein Dokument vor morgen früh zu besorgen. Sind Sie einverstanden?«

»Moment!«, hakte Luccioni ungerührt nach. »Wo soll denn dieser Zettel sein?«

»In der Brieftasche einer Person, deren Adresse ich Ihnen geben werde – oder eventuell in seiner Wohnung. Aber er hatte mit Sicherheit keine Zeit, es weit weg zu schaffen. Genau genommen muss es ein Umschlag sein, in dem sich ein Schlüssel für ein Schließfach befindet, die genaue Angabe, wo dieses Fach zu finden ist, sowie eine Vollmacht. – Ich muss diesen Umschlag haben, bevor die Banken öffnen. – Und morgen bei Tagesanbruch, bekommt jeder von Ihnen fünfhundert Mille! So einfach ist das!«

»Unser Freund Jo ist mit von der Partie!«, sagte Luc in einem Ton, der keine Widerrede zuließ.

»Ich zahle drei Anteile!«, stimmte Coudert zu. »So sehe ich das. Dann sind wir uns im Prinzip einig?«

»Im Prinzip schon«, sagte Luc. »Seid ihr beiden einverstanden?«

»Kommt darauf an«, meinte Jo. »Danke, Luc, dass du mich dazurechnest; ich weiß das zu schätzen. Aber wir sind hier nicht im Supermarkt, Leute! Bevor wir die Kosten abwägen können, müssten wir schon ein paar Details kennen!«

»Genau!«, bekräftigte Tonio. »Bei uns gibts kein Pauschalangebot wie in der Fahrschule. Man muss schon wissen, was Sache ist! Dieses Individuum, um das es geht, muss man das umlegen?«

»Wenn Sie den Umschlag haben«, sagte Coudert, »dann erübrigt es sich. Bedenken Sie das!«

Der Chauffeur Bernard hüstelte und warf seinem Chef einen Erlaubnis heischenden Blick zu.

»Die ganze Sache«, erklärte er den Killern, »sollte praktisch folgendermaßen ablaufen: Man dringt in die Wohnung des Typen ein ...«

»Einbruch!«, unterbrach Luc. »Das erhöht dann den Tarif!«

»Zum Einbruch wird es nicht kommen«, sagte der Chauffeur. »Wir haben es mit einem äußerst verständnisvollen Menschen zu tun. Wir halten ihm einfach ne Knarre zwischen die Rippen und fragen ihn nach dem Umschlag.«

»Du kommst wohl mit, oder wie?«, fragte Luc.

»Natürlich! Ich übernehme sogar das Kommando!«

»Na schön!«, meinte Luc. »Und was, wenn er vielleicht nicht ganz so verständnisvoll ist?«

»Er *muss* das verstehen! Er trägt den Umschlag mit sich oder hat ihn zumindest in seiner Wohnung. Wir werden eben eine kleine Razzia durchführen. Sollten wir dabei tatsächlich nichts finden, dann packen wir ihn einfach ein – lebend und auskunftsfähig – und bringen ihn hierher!«

Der Chauffeur Bernard saß im roten Lichtschein; er wirkte teuflisch.

»Ich hab auch meine Spezialität, Jungs! Das hab ich im Krieg gelernt. Ich hab eure Leiche da unten gesehen. – Lasst euch gesagt sein, dass das wirklich dilettantische Arbeit ist!«

Er zog ein Pfropfmesser mit mehreren gebogenen Klingen aus der Tasche.

»Wenn ich will, dass jemand redet, dann tut er das auch! Und zwar laut und deutlich!«

Coudert schauderte angewidert.

»Stecken Sie das wieder weg, Bernard! Ich kann dieses Zeug nicht sehen!«

»Was sein muss, muss sein!«, sagte Bernard, während er sein Werkzeug wieder verstaute. »Ich will jetzt nicht meine ganze Lebensgeschichte erzählen, aber diese Jungspunde sollen begreifen, dass all ihre kleinen Heldentaten zusammengerechnet nicht mal ein Hundertstel von dem ergeben, was *ich* allein auflisten kann! – War das deutlich genug?«

Ohne Frage!

Ein betretenes Schweigen folgte seinen Ausführungen, das er als ehrfürchtige Bewunderung seitens der Spezialisten auffasste. – Was der wohl mal gewesen war? Vielleicht einer von der Gestapo? Als könnte man einen Beamten bewundern!

»Themawechsel!«, meldete sich Luc zu Wort. »Wie kommt man nun in die Wohnung von diesem Herrn? Erwartet er uns etwa?«

»Er führt einen Nachtclub«, sagte Coudert. »Es ist also kein Problem, bei ihm reinzukommen!«

Wie auf Kommando ertönten gleichzeitig drei skeptische Pfiffe; alle drei zeigten dieselbe Reaktion.

»Aber wieder rauskommen, das ist das Problem!«, sagte Luc. »Das ändert die Lage gewaltig! Darf man fragen, wie der Schuppen heißt?«

»In der Rue Fontaine, der *Faisan Noir*.«

Diesmal sorgte die Überraschung für Totenstille. Die drei Revolverhelden sahen sich an. – Coudert glaubte zu verstehen, dass da etwas in der Luft lag.

»Missfällt Ihnen irgendetwas an der Sache?«

»Alles!«, sagte Jo. »Es geht doch um Riton Godot, oder?«

»Henri Godot, ja!«

»Dann geht das auf keinen Fall! Der ist so was wie mein Chef!«

Bernard zuckte auf seinem Stuhl zusammen und setzte zu seiner nicht enden wollenden Litanei an: »Himmel Herrgott, Himmel Herrgott, Himmel Herrgott …«

Für den Bruchteil einer Sekunde verzog Coudert das Gesicht, dann rief er betont fröhlich aus:

»Aber das trifft sich doch perfekt!«

»Finden Sie?«, fragte Jo.

»Und ob! – Welch glücklicher Zufall! Dann sollte es Ihnen doch ein Leichtes sein, in Godots Büro zu gelangen, oder nicht?«

Der kleine Jo wurde rot, als hätte man ihn öffentlich geohrfeigt.

»Überlegen Sie genau, was Sie da sagen! Ich hab vielleicht die Schnauze voll von meinem Job, aber hintergangen hab ich noch nie jemanden!«

Coudert war beinahe enthusiastisch aufgestanden:

»Diese edle Einstellung ehrt Sie, mein Freund. Sie schickt der Himmel! Ich verabscheue Blutvergießen. Um wie viel einfacher ist es doch, Gewalt zu vermeiden!«

Er ging auf Jo zu und legte ihm eine Hand auf die Schulter.

»Es ist Ihnen sicherlich nicht unbekannt, dass Ihr Chef kein Engel ist. – Ich käme der Wahrheit sogar ziemlich nahe, bezeichnete ich ihn als schrägen Vogel, Erpresser und gefährliches Individuum!«

»Lassen Sie stecken!«, sagte Jo. »Er ist, was er ist! Und wenn *ich* mein Mäntelchen nach dem Wind hänge, dann kommt das hier dabei raus!«

Mit einer unvermittelten Bewegung hatte er seine Jacke aufgeschlagen und richtete nun seine Repetierpistole auf ihn.

Coudert war leicht zurückgewichen und deutete ein verständnisvolles Lächeln an. Auf der anderen Tischseite wanderte Bernards rechte Hand langsam nach unten zur Tasche. – »Gemach, gemach!«, sagte Luccioni versöhnlich. »Immer mit der Ruhe!«

Er hob warnend seinen Zeigefinger Richtung Bernard.

»Keine Scherze! Jo schafft es, dir ein Lothringer Kreuz auf den Bauch zu tätowieren, bevor du auch nur zu den Tiefen deiner Taschen vorgedrungen bist!«

Tonio stand auf, ging hinter Bernard vorbei und zog aus dessen Tasche eine große Luger, beunruhigend schwarz wie ein Schlüsselloch.

»Vielleicht wäre es ja an der Zeit«, sagte Luc, »noch einmal über die Sache mit der Gewerkschaft zu sprechen, Jo? – Proletarier aller Länder, vereinigt euch!«

»Aber, äh –«, setzte Coudert, einigermaßen aus der Fassung gebracht, an.

Jo schob ihn sanft auf seinen Stuhl zurück.

»Reden wir!«, sagte Luc. »Sie geben also anderthalb Millionen her für diesen Umschlag? Das ist nicht viel! – Vielleicht bietet Herr Godot ja mehr? Das wolltest du doch sagen, Jo, stimmts?«

»Ganz genau!«

Die Spannung nahm ein wenig ab. Leise hörte man die Petroleumlampe flackern.

»Also reden wir, Männer!«, sagte Coudert mit düsterer Stimme.

XV

Félix hielt sich tapfer aufrecht. Es grenzte an ein Wunder, wie viel Alkohol er vertrug!

Maine, die nicht einmal halb so viel getrunken hatte, fühlte sich schon etwas benebelt. – Colette dagegen hatte gar nichts oder so gut wie nichts getrunken. Sie war stocknüchtern und amüsierte sich keineswegs.

Sie kamen gerade aus dem Ange Vert und Félix hatte sich in den Kopf gesetzt, unbedingt zu Fuß nach Hause zu gehen.

»Das wird uns gut tun! – Das soll also das Pariser Leben sein? Ein schöner Scheiß! Wenns einem kotzübel ist, dann soll man auch noch loslachen! Wie Bauerntölpel beim Militärdienst!«

Er war immer noch mies gelaunt! Er war wirklich mit nichts aufzuheitern. Aus seinem Hauptgedanken wurde so langsam eine fixe Idee: Jetzt, wo er in Fahrt gekommen war, fühlte er sich wie ein Löwe.

»Auf deinen Macker kann ich mich nicht verlassen! – Ich erledig das allein! Hätt das gleich selbst in die Hand nehmen sollen: Mit einem Kanister Benzin! – Die Avenue Mac-Mahon in Brand stecken!«

Er redete laut, fürchtete nicht, gehört zu werden. Er hatte den leisen Verdacht, dass er bei der ganzen Geschichte hinter das Licht geführt wurde. Er sah Maine von der Seite an:

»Ich mach den fertig, verdammt noch mal! – Meine Frau umgebracht! – Vierzig Leichen! – Zweihundert Familien! – Zweihundert wunderschöne Familien! – Schwuppdiwupp! – Alle futsch, die zweihundert Familien!«

Ein wahrer Vulkanausbruch!

»Na komm!«, sagte Maine beschwichtigend zu ihm. »Jetzt gehts in die Heia, mein Großer! Wir rufen uns ein Taxi!«

Sie hielt mit erhobener Hand ein leeres Taxi auf Kundenfang an.

»Hallo!«

Félix stieg nahezu anstandslos ein. Erst als Maine die Adresse nannte, begann er zu protestieren.

»Rue de Bassano? – Nie im Leben! Halt! Taxifahrer! – Erst haben wir mit Godot ein Wörtchen zu reden: Rue Fontaine! – Zum *Faisan Noir*!«

»Gut!«, meinte der Taxifahrer »Los gehts!«

»Stopp!«, sagte Maine. »Tun Sie, was ich Ihnen sage! Sie sehen doch selbst, dass der da völlig dicht ist. – Rue de Bassano, aber flott!«

»Was bin ich? – Ich kipp noch drei Flaschen Schampus und krieg noch nicht mal Schluckauf! – Aber trinken will ich ja sowieso nicht! Ich will zu Godot! – Rue Fontaine! Los gehts!«

»Sie müssen sich schon einigen!«, sagte der Fahrer gelassen. »Ich hab zwar vier Räder, aber die fahren alle in dieselbe Richtung!«

Es war sinnlos, es mit Félix aufzunehmen; wenn er sich etwas in den Kopf gesetzt hatte, dann konnte man genauso gut gegen eine Wand anreden. Ohne große Überzeugung versuchte Maine, ihn zur Vernunft zu bringen:

»Na komm, wir fahren nach Hause, Félix! – Schnuckiputz! – Ich brauch jetzt etwas Zuneigung! – Die ganzen Scherereien verschieben wir auf morgen! – Na los, fahren Sie in die Rue de Bassano! Colette ist müde! Stimmts, Colette? …«

»Rue Fontaine«, grölte Félix. »Hast du gehört, du Doofkopf! Los gehts, gib Gas!«

»Im Grunde«, erklärte der Fahrer philosophisch, »hat sich ja die Frau nach dem Mann zu richten! Fahren wir also!«

Weiteres Gezeter wäre zwecklos gewesen, Félix hätte nicht das geringste Verständnis dafür gehabt. Also ließ Maine sich zum *Faisan Noir* schleifen und betete zu Gott, dass Félix dort nicht auf den Herrn Generalrat stoßen würde! In seinem Zustand war er fähig, ihn auf der Stelle umzubringen!

Colette fühlte sich schon besser. Der Abend mit Papa und

Mama war nicht besonders lustig gewesen. Den völlig gelösten Papa Félix kannte sie nur zu gut! Mit Mama Angèle musste sie erst noch ein wenig warm werden! – Vielleicht trafen sie im *Faisan Noir* ja ihren Freund Jo? Womöglich würden sie dann tanzen?

»Schämst du dich denn gar nicht«, fing Maine von neuem an, »deine Tochter an so verruchte Orte zu führen?«

Nein! Félix schämte sich nicht. Er hatte sich ein weißes Hemd und einen dunkelgrauen Anzug aus Godots Schrank geborgt. Bis auf zwei Zentimeter an den Ärmeln passte er wie angegossen. Er wirkte darin völlig verändert, sehr elegant, gar nicht mehr wie ein Postbeamter.

Der Türsteher vor dem *Faisan* begrüßte Maine und zwinkerte Félix, den er schon kannte, zu. Innen liefen sie sofort der schönen Ghislaine in die Arme. Sie und Maine lächelten sich säuerlich zu.

»Wo ist Godot?«

»Oben, mit Fred und Jo, der gerade gekommen ist. Die dürfen jetzt nicht gestört werden.«

»Ich werd mich hüten!«, gab Maine zurück. »Suchen Sie einen Tisch für uns! Félix will ein bisschen Stimmung!«

»Ich? Die Stimmung ist mir Wurst! Ich bin wegen Godot hier!«

»Und das ist sicher die große Tochter?«, sagte Ghislaine und lächelte Colette zu.

»Guten Tag!«, sagte Colette.

»Guten Abend!«, sagte die schöne Ghislaine strahlend. »Duzen wir uns?«

»Wenn du willst!«

»Wir werden sicher gute Freundinnen. Altersmäßig stehe ich ja näher bei dir als bei deiner Mutter!«

Das hatte gesessen! Maine murmelte: »Blöde Kuh!«

Darauf bugsierte sie Félix und Colette zur kleinen Treppe mit den Philodendren, die zu Godots Büro führte.

Ghislaine blieb unten und begnügte sich damit, per Telefon vorzuwarnen:

»Frau Maine ist *schon wieder* mit ihrer Familie da!«

Godot öffnete ihnen ohne weiteres die Tür. Er stellte beiläufig fest, dass Félix ziemlich angeheitert war. – Colette spürte, wie sie rot wurde, als sie Jo sah. Er hingegen schien besorgt zu sein. Er strich um die Aktenordner herum, blieb in der Nähe des Schreibtischs stehen, blickte verstohlen in die leicht geöffneten Schubladen.

»Was gibts Neues?«, fragte Maine. »Was ist mit den beiden kleinen Korsen? Schippern die wieder zurück nach Ajaccio?«

»Jo hat das Versteck aufgegeben«, sagte Godot. »Er hat sich anscheinend nicht besonders wohl gefühlt! – Was, Jo? – Wo bist du denn? Heh, Jo!«

»Hier bin ich!«, sagte Jo, der hinter dem Schreibtisch auftauchte, wo er sich hingekauert hatte.

»Was machst du denn da?«

»Ich – ich hab meinen Minenstift verloren.«

In der Tat hielt er einen Minenstift zwischen den Fingern.

»Na so was«, sagte Godot, »du verlierst aber auch alles! – Vorhin lag dein Taschentuch vor einem Ordner. – Dann deine Schlüssel, die du in einer Schublade gesucht hast: Man könnte glatt meinen, du führst hier eine Hausdurchsuchung durch! Das gefällt mir gar nicht!«

Misstrauisch nährte er sich dem Schreibtisch, hob die Schreibunterlage hoch und schien beruhigt, als er darunter einen kleinen blauen Umschlag sah.

»Lass ihn doch!«, sagte Maine versöhnlich. »Wenn er die ganze Zeit alleine im Dunkeln war und nichts zu Essen gekriegt hat, dann braucht er jetzt bestimmt eine kleine Stärkung, der arme Junge!«

»Ja genau!«, stimmte Godot zu. » Such dir in der Küche was zu beißen!«

»Gut, Herr Godot!«, antwortete Jo.

Er bewegte sich jedoch nicht von der Stelle. Er wirkte nervös. – Endlich entschloss er sich, durchquerte den Raum und blieb vor Colette stehen, die sich betont lässig gab.

»Haben Sie nicht vielleicht *auch* Hunger?«

Colette senkte ihren Blick.

»Ein kleines bisschen …«

Maine seufzte.

»Na geh schon! – Aber lass dir nichts gefallen! – Jetzt fühl ich mich wirklich langsam wie eine alte Schachtel!«

Colette folgte Jo. Sie freute sich: Jetzt begann der Abend erst für sie. Unten heizten Saxophon und Schlagzeug den Gästen ein. Es musste so gegen eins sein, aber Colette war kein bisschen müde.

Jo führte sie nach links in einen kleinen Korridor: ein abgewetzter Teppichboden, eine halboffene Tür zu einem Kämmerchen, in dem zwei halbnackte Mädchen ihr Make-up auffrischten.

Jo stieß die Tür am Ende des Korridors auf und machte Licht. Zu sehen war ein kleines fensterloses, einfach eingerichtetes und geschmackloses Büro mit beigefarbenen Wänden, an denen Fotos von Künstlern und, na ja, von Tanzformationen hingen. – Es roch nach kaltem Rauch amerikanischer Zigaretten, nach Schminke und nach Nagellack. Das Orchester war noch immer schwach zu hören, aber mit einem merkwürdigen Hall; es klang, als kämen die Töne aus den Wasserrohren.

»Ist das dein Büro?«, fragte Colette mit leicht zugeschnürter Kehle.

Er setzte sich und zog sie an sich. Er umschlang ihre Hüften und lehnte seinen Kopf an den Bauch der Kleinen; sie streichelte sein Haar. Sie fühlte sich gut; die Augen hatte sie halb geschlossen.

»Unglaublich«, sagte er leise. »Ich hab die ganze Zeit an dich gedacht!«

»Ich auch«, sagte sie. »Als wir im Ange Vert waren, hab ich mich gefragt, was du wohl gerade machst. – Ich bin so froh!«

Der leichte Akzent aus Nizza, den sie verlor, wenn sie aufpasste, hatte sich in ihre Stimme zurückgeschlichen. Sie atmete schnell und fühlte sich ganz merkwürdig. Verwirrt wollte sie sich ein wenig aus seiner Umarmung lösen.

»Keine Angst!«, sagte er. »Ich will bloß mit dir reden. Ich führ ein völlig stumpfsinniges Leben; das muss sich ändern!«

»Willst du wieder bei Citroën anfangen?«, fragte sie naiv.

Er zwickte sie frech in den Hintern, wie, um ihr zu verstehen zu geben, dass er diese Art von Scherzen nicht besonders schätze.

»Ich kenn da ne kleine Kneipe in Antibes«, sagte er. »Die läuft gerade nicht besonders gut. Aber wenn man da etwas junges Blut reinbringt, könnte man die wieder in Schwung bringen. – Und wenn es dann noch was zu essen gibt, dann steppt da in der Saison der Bär!«

Er hatte sie losgelassen und suchte in seinen Taschen nach einer Zigarette, um etwas Abstand zu gewinnen.

»Was die Arbeit angeht, darf man nicht nur leere Versprechungen machen«, fuhr er fort. »Da müssen junge Leute ran! – Ich allein, Colette, ich geb mich mit meinem beschissenen Leben zufrieden. Aber wenn wir zwei zusammen wären, na ja, dann möcht ich dir schon etwas zu bieten haben! – Und mit dem Essen, wenn man sich wirklich dahinterklemmt, da ist schon was zu holen! Das ist dann zwar nicht das große Künstlerleben wie mit der Knarre, aber es ist einfach was Grundanständiges! Du verstehst doch, was ich meine?«

»Ja«, sagte Colette. »das ist gut! In der Schule haben wir Hauswirtschaftsunterricht. Das Käsesoufflé ist mir *beinahe* gelungen!«

»Das ist doch Kinderkram!«, unterbrach Jo sie ungehalten. »Die Kocherei muss man ernst nehmen! Wir nehmen dafür einen Profi. – Dich will ich nicht in der Küche einsperren. Du musst bei den Gästen sein! Hast doch nichts dagegen, oder? – Man muss den Gästen auch was fürs Auge bieten, verstehst du? Das macht ein gutes Lokal aus.«

Colette war Feuer und Flamme.

»Das ist ja lustig! Gestern kannten wir uns noch gar nicht, und jetzt malen wir uns schon unsere gemeinsame Zukunft aus. Das geht ja ganz schön schnell! – Ich weiß nicht, was Papa wohl davon halten wird!«

»Einem Freiberufler wird er seine Tochter sicher nicht geben«, sagte Jo. »Aber bei einem ehrlichen Geschäftsmann sieht die Sache schon ganz anders aus! – Meinst du nicht?«

»Bestimmt!«, sagte sie. »Zum Glück haben wir ja genügend Zeit vor uns, um uns alles genau zu überlegen!«

Jetzt zündete Jo endlich seine Zigarette an, blies eine dicke Rauchwolke zur Decke und gab sich auf einmal ganz geheimnisvoll.

»So viel Zeit auch wieder nicht! – Eigentlich muss die Sache sogar jetzt gleich entschieden werden! – Entweder bleib ich weiter bei Godot und erledige seine privaten kleinen Geplänkel, oder ich mach mich selbständig! Mit Gewerbesteuer, Handelsregister und bürgerlicher Existenz! – Die Entscheidung muss jetzt getroffen werden! In einer Viertelstunde ist es zu spät!«

»Ich hoffe, der Entschluss steht fest!«, sagte sie gerührt. »Jo, du willst ein anständiger Bürger werden? Für mich? – Oh! Dafür kriegst du ein Küsschen!«

Jo ließ sich ergeben auf die Wangen küssen.

»Moment«, sagte er. »Du musst schon wissen, was Sache ist. – Diese kleine Kneipe in Antibes, die kann ich für drei Millionen als Anzahlung haben; für den Rest bekomme ich einen Kredit.«

»Das ist wundervoll!«

»Es wäre wundervoll, hätte ich die drei Millionen!«

»Godot kann sie dir leihen, der ist ziemlich reich!«

»Nein! Bei Godot wird nur in Naturalien gezahlt! Und erstmal wären da zwei kleine Korsen umzulegen, die dreihundert Meter von hier entfernt im Auto warten …«

»Oh nein!«, flehte sie. »Damit ist es jetzt vorbei! Das ist vorbei!«

»In dem Fall«, sagte Jo, »musst du wissen, dass Godot jemanden erpressen will. Und dieser Jemand hat mir mächtig Kohle in Aussicht gestellt, wenn ich ihm den blauen Umschlag beschaffe, der unter der Schreibunterlage auf dem Schreibtisch von Godot liegt!«

»Oh, wie übel!«, sagte Colette.

»Wenn ich nicht an den Umschlag rankomm, dann warten da draußen die beiden Korsen auf Godot, um ihn abzuschleppen und zu Hackfleisch zu verarbeiten!«

Colette wich ein wenig zurück und zwang sich zu einem Lächeln, als hätte man ihr einen Witz erzählt. Aber Jo schien nicht zum Lachen aufgelegt zu sein. Er blickte ihr fest und unerbittlich aufrichtig in die Augen.

»Aber das ist ja schrecklich!«, stieß sie hervor.

»Genau davon will ich ja wegkommen!«, sagte Jo. »Das ist ein Job, bei dem man nicht alt wird! Ich hab die Schnauze voll davon!«

Sie schien entsetzt, als habe sie soeben erst begriffen, dass sie seit dem gestrigen Tag auf einem Vulkan tanzte.

»Mein armer Jo«, sagte sie zärtlich, »und wenn du den Umschlag nimmst, was wird Godot dir dann tun?«

»Er wird dafür sorgen, dass mir ein Unfall zustößt! Vor allem hat er mich ja eben schon in seinen Sachen herumstöbern sehen; er ist misstrauisch!«

Er stand auf. Er wirkte verlegen und kratzte sich am Ohr.

»Also, ich kann nicht mehr in sein Büro gehen: dann hab ich ein Alibi. – Das müsste schon jemand sein, dem er nicht misstraut. – Unter der Schreibunterlage, ein kleiner blauer Umschlag!«

»Ich?«, rief Colette, rot vor Entrüstung.

Er breitete hilflos die Arme aus.

»Lass gut sein! – Ich wusste, dass es nicht geht.«

Resigniert und ein wenig betreten stand er da.

»Bist du mir böse?«

Von unten waren jetzt über die Wasserrohre die gedämpften Improvisationen der Trompete zu hören, die sich unter das Rauschen einer Toilettenspülung mischten.

Colette stand stocksteif vor einem kalten Heizkörper: Sie war gerade dazu aufgefordert worden zu stehlen! Genau so nannte man das! – Das war sicher das Milieu, das so etwas verlangte? Der liebe, gute Jo: Mit dem Morden fängt es an, und dann wird man zum Dieb, Lügner und, zu guter Letzt, auch noch ungehorsam! Welch fataler Abstieg!«

»Hören Sie mal, Jo –«, fing sie an.

Sie tadelte sich dafür, dass sie ihn nicht mehr duzte. Sie ging auf ihn zu, nahm liebevoll seine Hand.

»Also, das ist einfach nicht in Ordnung, Jo. – Wir können diesen Umschlag nicht einfach so nehmen; der gehört uns doch gar nicht!«

»Natürlich!«, sagte Jo etwas entnervt.

Er sah sie leicht verstört an, als erleide er soeben eine tiefe Enttäuschung. Das konnte sie nicht ertragen.

»Aber nein, Jo! Ich bin sicher kein Moralapostel. Aber trotzdem, manche Dinge …«

»Schon gut!«, unterbrach er sie. »Obwohl ich das eigentlich für eine ganz gute Lösung gehalten hatte. – Was glaubst du denn, was das für ein Umschlag ist? Godot hat ihn geklaut. Wir klauen ihm ihn wieder. Das nenn ich sich selbständig machen! Wenn du allerdings glaubst, dass Godot was Besseres ist als wir, bloß weil er der Chef ist mit viel Geld in der Tasche, dann weiß ich auch nicht, was ich sagen soll! – Was den Ethikunterricht angeht, scheint der Lehrplan fürs Abi derselbe zu sein wie in der Grundschule!«

Colette knetete schweigend ihre Hände. Ein tüchtiger Psychiater hätte einen inneren Konflikt diagnostiziert. – Sie wäre jetzt gerne irgendwo anders gewesen. Bis jetzt war sie eine staunende Beobachterin des Geschehens gewesen, und nun wurde plötzlich von ihr erwartet, selbst einen Part darin zu übernehmen!

»Was ist das denn für eine Erpressung?«, fragte sie. »Wen will er denn erpressen?«

»Seine Visitenkarte hat er mir sicher nicht gegeben! Ich weiß nur, dass er wohl noch mehr Kohle hat als Godot. Altehrwürdige Familie und so. Das da müssen ziemlich heikle Papiere sein. – Er scheint bereit zu sein, alles dafür zu geben! Warum sollte das Godot bekommen? Warum nicht wir?«

»Darum!«, sagte sie. »Das ist nicht mein Ding! Das ist nicht in Ordnung! Das darf man einfach nicht!«

»Na gut«, sagte er. »Wenn du es denn so mit der Moral hast, dann sag mir, was ich jetzt machen soll! – Soll ich Godot vorwarnen oder nicht?«

»Ich weiß nicht!«

»Einer von beiden ist dran! Wenn ich ihm Bescheid sag, dann muss ich die Jungs unten im Auto umlegen!«

»Oh nein! Auf keinen Fall!«

»Wenn ich ihm aber nicht Bescheid sage, dann schnappen die ihn sich und fahren mit ihm aufs Land!«

»Nein!«

»Du hast die Wahl!«, sagte Jo. »Mein Vorschlag hat den Vorteil, dass wir dabei nicht den Kürzeren ziehen und dass alle am Leben bleiben. Das zählt doch, oder?«

»Ja, das zählt«, stimmte sie zu. – »Aber was ist, wenn ich erwischt werde?«

»Dann kriegst du vielleicht eine Ohrfeige. – Aber ich, wenn ich erwischt werde, dann ist gleich die Hölle los und die Kugeln fliegen! – Du entscheidest, ob es dir das wert ist!«

Colette schwieg.

»Du musst wissen«, sagte Jo nach einer Weile, »wenn ich dich nicht anrühr und dir nicht das Blaue vom Himmel verspreche – dann heißt das nicht etwa, dass ich keine Lust dazu hätte. Aber wenn wir Geschäftsleute werden wollen, dann müssen wir das jetzt mit kühlem Kopf entscheiden!«

Sie schien ihm mit einem Kopfnicken zuzustimmen. Sie schwankte zwischen schrecklicher Angst und der Aussicht auf ein Abenteuer, das jeden Kinofilm übertraf. – Als es ihr endlich gelang, sich davon zu überzeugen, dass sie Jo *retten,* von der schiefen Bahn abbringen konnte, sangen Engelschöre in ihren Gehörgängen. Ihr Blick wurde ganz sanft:

»Ich kann dir nichts versprechen, Jo«, sagte sie, »aber ich werd's versuchen!«

Und bevor sie zur Tür hinausging, war sie es, die ihm einen Kuss gab; das gab ihr ein klein wenig Mut.

»Falls dich jemand fragt, was ich mach«, riet ihr Jo und wies mit dem Kinn auf einen Smoking, der im Schrank hing, »dann sagst du einfach, ich werf mich in Schale, um runter in den Saal zu gehen!«

Hochkonzentriert wie ein Athlet vor einem Rekordversuch hörte sie ihm schon nicht mehr zu.

Bevor sie an die Tür zu Godots Büro klopfte, lauschte sie einige Sekunden. Es war nichts zu hören: Wenn doch bloß niemand da wäre und sie sich einfach heimlich hineinschleichen könnte! Aber leider hatte die Tür keine Klinke, keinen Türgriff und es steckte auch kein Schlüssel im Schloss. Sie klingelte zweimal. Nach einem Augenblick fragte Godots Stimme:

»Was gibts?«

»Ich bin's!«

Er öffnete ihr und sagte:

»Es ist die Kleine!«

Als sie eintrat, sah sie ihre Mutter auf dem Sofa sitzen; mit ihrer Brille sah sie aus wie eine Lehrerin, während sie eine Mappe mit Dokumenten begutachtete.

»Dein Vater ist unten!«, sagte Maine; sie sah dabei kaum von den Papieren auf. »Ich komm auch gleich runter.«

»Ich geh dann mit dir zusammen!«, sagte Colette.

Es kam ihr vor, als beobachte sie sich selbst bei ihrem eigenen Tun. Sie stand da mit ihrem strahlenden Lächeln und gab sich ganz anhänglich, doch wusste sie ganz genau, was sie zu tun hatte!

»Wir haben noch was Geschäftliches zu besprechen!«, sagte Maine deutlicher. »Du amüsierst dich da unten besser!«

Godot machte eine beschwichtigende Geste, die zu bedeuten schien: Das eilt nicht!

»Wir machen morgen weiter! Nutz lieber ein bisschen die Zeit mit deiner Tochter! – Und Jo, was macht der?«

»Er hat gesagt, dass er sich in Schale wirft, bevor er nach unten in den Saal geht.«

»Wir gehen auch runter!«, sagte Godot.

Er ging zu Maine hinüber, während Colette stehenblieb und an den Blumen auf der Kaminattrappe roch. Die Szene wirkte wie ein ruhiger Abend bei ehrlichen Geschäftsleuten, die über der Buchhaltung sitzen.

Colette spürte ein Rauschen in den Ohren. Auf der spiegelblanken Oberfläche einer kleinen Vase versuchte Colette vergeblich, den Schreibtisch zu erkennen.

»Wann geht es los?«, fragte Maine sachlich.

»Morgen früh, sobald sie aufmachen.«

›Wie kann ich bloß an den Schreibtisch rankommen?‹, fragte sich Colette. ›Wenn ich nur drei Sekunden unbeobachtet wäre, mehr brauch ich gar nicht! – Was könnte ich bloß machen, um sie ein wenig abzulenken?‹

Es sah so aus, als lege Maine die Papiere in die Mappe zurück. In einem Augenblick würde sie aufstehen; dann würde sie mit ihr nach unten gehen müssen, und alles wäre vermasselt!

Godot griff nach seinem schwarzen Sakko, das da über der Stuhllehne hing. – Oh! Sie musste sich sofort was einfallen lassen! Schnell!

Auch die beste Idee kann das Handeln nicht ersetzen. Colette hatte sich von dem Kamin entfernt und machte einige Schritte auf den Schreibtisch zu. Die anderen beiden hatten ihre Köpfe leicht abgewandt; vielleicht sahen sie sie ja gar nicht?

Als sie am Schreibtisch vorbeiging, sah sie den kleinen blauen Umschlag leicht hervorlugen. – Die anderen sahen nicht her, – ihre Hand berührte vorsichtig den Rand. – Dann plötzlich, ehe sie sich recht besann, machte sie eine blitzschnelle Bewegung.

Dabei war sie nicht einmal stehengeblieben; mit den Händen auf dem Rücken näherte sie sich nun, scheinbar völlig entspannt, dem Sofa und faltete währenddessen einmal, zweimal den Umschlag der offenbar einen kleinen, harten Gegenstand enthielt.

»Gehen wir jetzt runter?«

Ihre Stimme klang vollkommen arglos und unschuldig.

»Gehen wir!«, sagte Godot, während er sein Sakko überstreifte.

Maine sagte nichts. Sie schloss die Mappe, nahm die Brille ab und stand auf.

Colette hielt den gefalteten Umschlag jetzt in der linken Hand. Ihr Oberkörper fühlte sich merkwürdig befreit und entspannt an, während ihre Knie weich wie Pudding waren und ihr der Schweiß den Rücken hinunterlief.

»Hört mal!«, sagte Godot und spitzte die Ohren. »Jetzt kommt gleich die Nummer von der Gloria. Die Kleine ist toll. Das musst du dir anschauen, Colette!«

»Einen Augenblick noch«, sagte Maine. »Geh schon mal vor, Godot. Ich hab ein paar Takte mit ihr zu reden!«

Sie hatte Colette die Hand auf den Arm gelegt. Ihre Stimme klang neutral und keineswegs bedrohlich, aber die Kleine spürte, wie ihr ein eiskalter Schauer durch den Körper lief. –

Godot steckte seinen Schlüssel in das Schloss.

»Vergiss nicht zuzusperren! Ich seh mal nach Félix. Beeilt euch ein bisschen mit eurer Heimlichtuerei!«

Er zog die Tür hinter sich zu und man hörte ihn die Treppe hinuntersteigen.

»Willst du mir wohl hergeben, was du da in der Hand hast?«, sagte Maine.

»Was?«

»Wirds bald!«

»Nein!«

Sie starrten sich an. Maines Gesichtsausdruck hatte sich nicht verändert, aber die Kleine hatte vor lauter Panik eine gelbliche Farbe angenommen. Ihre Mutter ließ sich erst gar nicht auf eine Diskussion ein. Sie verpasste ihr kurzerhand zwei saftige Ohrfeigen auf die runden Wangen.

Und als Colette instinktiv ihre Arme schützend vor das Gesicht hielt, packte sie ihren linken Unterarm und bog ihn nach hinten. Colette stieß einen Schrei aus und wand sich vor Schmerzen, aber schon entriss die Mutter ihr den Umschlag.

»Ah! Das ist es also!«

»Alte Schlampe!«

Leichenblass hatte Colette die Worte mit Nachdruck herausgeschrien. Sie blickte ihre Mutter hasserfüllt an, bereit zurückzuschlagen. Maine war aschfahl geworden.

»Kleine Diebin!«

»Alde Schlambe! Alde Schlambe!«, wiederholte Colette in Rage mit ihrem südfranzösischen Akzent.

Maine rief: »He!« und ließ von Colette ab. Sie ging die drei Schritte zum Schreibtisch und faltete den zerknüllten Umschlag auseinander. – Ihr Atem ging rasch, als befürchte sie zu ersticken. – Kreidebleich und kampfbereit sah Colette sie an, ohne sich zu bewegen.

»Das ist ja reizend!«, sagte Maine. »Eine dreckige kleine Diebin! Und dann noch ihre eigene Mutter beleidigen!«

»Meine Mutter!«, schleuderte ihr Colette entgegen. »Meine Mutter, das ist die, die mich großgezogen hat! Und die ist vor drei Jahren gestorben! Sie hat für mich gekocht, sich um mich gekümmert, wenn ich krank war, und sie hat mir die Ratschläge einer Frau gegeben, als ich das erste Mal meine Tage bekommen habe: Zu ihr hab ich Mutter gesagt, nicht zu der, die immer in den Zeitungen steht!«

»Du hältst jetzt den Mund!«

»Nein! Ich will schreien! Du hast nicht das Recht, mich zu schlagen, hast du das kapiert! Und auch nicht das Recht, mich Diebin zu nennen, während du mit deinem Godot andere Leute erpresst!«

»Du hinterhältiges Stück!«, sagte Maine. »Uns auch noch ausspionieren! Rotzgöre!«

»Fass dir doch an deine eigene Nase!«

»Mach mal halblang!«, entgegnete Maine. »Kapierst du denn nicht, dass ich das nur tu, um deinen Vater zu retten? Um ihn davor zu bewahren, vor Gericht gestellt zu werden!«

»Ich kann da wirklich keinen Zusammenhang erkennen!«, antwortete Colette bissig.

Doch plötzlich änderte sich ihr Gesichtsausdruck und die Pupillen verengten sich. Sie begann zu verstehen.

Ohne einen Augenblick nachzudenken, stürzte sie sich auf den Schreibtisch und schnappte sich eines der Papiere, die Maine zu glätten versucht hatte: Sie konnte nur die Hälfte abreißen; ihre Mutter ließ den anderen Teil nicht los: Sie waren drauf und dran, ernsthaft aufeinander loszugehen, als Colette spürte, wie sie nach oben gehoben wurde.

»Das reicht, Kleine!«

Es war Godot, der an der Tür gelauscht haben musste und sie nun, strampelnd und außer sich vor Wut, an das andere Ende des Zimmers beförderte.

»Ich würd ja gern wissen, wie du überhaupt dahinter gekommen bist – ?«

Er konnte seinen Satz nicht beenden. Colette hatte sich aus seinem Griff befreit, hatte ihm eine Ohrfeige verpasst und floh durch die Tür, die er offen gelassen hatte.

»He da«, rief Godot. »Sie ist wirklich ganz die Mutter! – So warte doch! – Sie wird unten im Saal einen Aufstand machen!«

Er stürzte hinter ihr die Treppe hinunter.

Maine blieb eine Weile alleine zurück, ohne sich von der Stelle zu rühren. Ihr Blick war starr und sie war bleich, als würde sie sich im nächsten Moment übergeben. Mechanisch strich sie immer noch die Papiere auf dem Schreibtisch glatt. – Sie atmete in kurzen Stößen, ihre Augen waren eingefallen. Sie wies die Symptome einer Schockreaktion auf.

Als ihr bewusst wurde, dass sie die Papiere dabei fast schon zerriss, knüllte sie sie wieder zusammen. Ein kleiner Schlüssel zu einem Safe fiel herunter; sie stieß ihn mit dem Fuß weg.

Sie stieß einen Stoßseufzer aus und betrachtete ihr Spiegelbild in einem Servierbrett. Auf beide Hände aufgestützt, betrachtete sie eine Zeitlang eine aufgedunsene kleine Frau mit halb entblößten Schultern, deutlich erkennbaren Äderchen, einem Hals, der von einem Netz noch kaum merklicher kleiner Falten überzogen war, einem Kinn, das langsam erschlaffte, einem Ansatz von Krähenfüßen um die Augen. Ihr halbgeöffneter Mund formulierte lautlos: »Alde Schlambe!« – Da krampfte sich ihr Herz zusammen und zum ersten Mal überfiel sie das scheußliche und beängstigende Gefühl, ihr Leben verpfuscht zu haben.

Als sie sich von dem spiegelnden Tablett aufrichtete, war sie um Jahre gealtert.

Sie betrachtete noch einmal das Papierknäuel, brachte rasch ihre Frisur in Ordnung und verließ den Raum.

Sie ging bis an das Ende des Korridors und klopfte an die Tür.

»Herein!«, erklang Jos Stimme.

Er hatte sich eine schwarze Hose angezogen und rückte vor einem kleinen Spiegel auf der Innenseite der Schranktür seine Krawatte zurecht. Maines Anblick überraschte ihn merklich. – Sie sah ganz anders aus als sonst. Sie schien nicht wütend zu sein, und doch wirkte sie furchteinflößend!

Er sah sie mit dem abschätzenden Blick eines Profis an. In einer Hand erkannte er den zerknitterten blauen Umschlag.

»Haben Sie das von Colette verlangt, Jo?«

Er versuchte zunächst auszuweichen.

»Ich weiß nicht, worauf Sie hinauswollen, Frau Maine.«

Dann richtete er sich gerade auf; er würde kein Kasperltheater aufführen.

»Ging wohl in die Hose! – Ja, ich wars!«

»Warum?«

»Sie hat nichts damit zu tun, Frau Maine. Also, ich wollte …«

»Arbeiten Sie gegen uns, Jo?«

»Ich bin volljährig, Frau Maine. Sie haben ja die Papiere; ich kündige!«

»Darum geht es nicht! Für wen arbeiten Sie?«

»Nachdem es nicht geklappt hat«, sagte Jo, »bin ich jetzt arbeitslos!«

»Für Coudert?«, fragte Maine.

»Weiß nicht, wie der heißt. Ich weiß nur, dass er mir am

Ende anderthalb Millionen angeboten hat, für mich alleine. Wenn ich bei der Übergabe von dem Papierkram noch etwas Theater gemacht hätte, dann, glaub ich, hätte ich die Summe auch noch verdoppeln können. Und damit wollte ich dann mit Colette eine kleine Bar in Antibes übernehmen. Hab die Schnauze voll von dem Job; das wollte ich Ihnen sagen.«

Maine sah ihn scheinbar verständnislos an.

»Wo ist Coudert?«, fragte sie.

»Er wartet irgendwo in der Pampa darauf, dass man Godot zu ihm bringt. Damit Sie es wissen, er steckt mit Luccioni und Tonio unter einer Decke.«

»Das ist mir egal«, sagte Maine. »Sie enttäuschen mich sehr, Jo!«

»Das tut mir leid«, sagte Jo. »Ich bin volljährig und ich will auf eigenen Füßen stehen. Ich wollte ein neues Leben anfangen; das ist jetzt vermasselt: Schwamm drüber!«

Er deutete auf das Papier, das Maine noch immer zusammengeknüllt in der Hand hielt.

»Das ist viel wert! Sagen Sie Herrn Godot, dass der andere bereit ist, ihn um die Ecke zu bringen, um das da zurückzukriegen. Ich mach mich aus dem Staub! Tschüs!«

»Warten Sie!«, sagte Maine.

Auf dem Tisch lagen Schlüssel, eine Zigarettenschachtel, ein Taschentuch und ein Feuerzeug, Gegenstände, die Jo aus der Tasche seiner Alltagshose geholt hatte.

Maine nahm das Feuerzeug, knipste es an und zündete die Papiere an, die sie in der Hand hielt. Einige Sekunden lang brannten sie wie eine kleine, etwas qualmende Fackel. Als sich die Flamme ihren Fingern näherte, legte sie das Papier auf den Tisch, wo es vollends verkohlte.

Jo sah ihr fassungslos zu.

»Lebt wohl, meine drei Millionen!«

»Für uns«, sagte Maine, »ging es um hundertfünfzig!«

Jo öffnete ungläubig den Mund. Maines Gesicht war gruselig anzusehen. Mit veränderter Stimme fragte er beinahe freundschaftlich:

»Was ist denn los?«

»Ich werde Ihnen einen letzten Auftrag erteilen«, sagte Maine. »Wo ist Coudert?«

»In einem Kaff am Stadtrand, vierzig Minuten von hier.«

»Und die Korsen?«

»Die stehen praktisch vor der Tür. – Ist das der Auftrag, Frau Maine?«

»Sagen Sie denen, sie sollen sich vom Acker machen!«

»Ich weiß nicht, was die davon halten werden!«

Maine deutete auf das Aschehäufchen auf dem Tisch.

»Geben Sie ihnen das da; dann werden sie es schon begreifen! Sagen Sie Ihnen auch, dass wir die Geschichte von gestern vergessen und dass sie noch mal davonkommen!«

Sie wischte diese Nebensächlichkeiten mit einer Handbewegung weg, um mit begieriger Stimme fortzufahren:

»Coudert will ich sehen, und zwar ihn alleine!«

»Er wird nicht alleine sein, Frau Maine, er hat einen starken Muskelprotz bei sich. Wenn Ihnen so viel daran liegt, kann ich als krönenden Abschluss persönlich dort hinfahren und mich etwas umsehen. Ich hoffe doch, Sie behalten mich dann in positiver Erinnerung.«

Maine zuckte mit den Schultern.

»Seien Sie in fünf Minuten mit dem Junior unten. Ich hoffe, wir passen zu dritt in Ihr Spielzeugauto?«

»Zu dritt?«, fragte Jo.

»Ich und Félix.«

Jo machte ein verwundertes Gesicht.

»Herr Félix? Aber was hat der denn damit zu tun?«

»Schluss! Tun Sie einfach, was ich Ihnen sage!«, kreischte Maine mit einer völlig fremden Stimme, die nur mehr um Haaresbreite vom Nervenzusammenbruch entfernt schien.

XVI

Das Knattern des Zweizylindermotors erübrigte jeden Versuch einer Konversation.

Zu dieser späten Nachtstunde hatten sich die Sonntagsheimkehrer schon sehr rar gemacht und die Straße war einigermaßen frei.

Jo holte das Äußerste aus dem Motor heraus und durchlöcherte die Kreuzungen regelrecht mit dem Strahl seiner Schweinwerfer.

Jeder hing seinen Gedanken nach. Félix tauchte aus einem komaartigen Zustand auf. Undeutlich war ihm in das Bewusstsein gedrungen, dass man ihm ein widerliches, nach Alkali schmeckendes Gebräu eingeflößt und seinen Kopf mehr oder weniger unter den Kaltwasserhahn gehalten hatte. Er erinnerte sich lediglich daran, dass Maine in beinahe rachsüchtigem Ton zu ihm gesagt hatte:

»Wenn du diesen Kerl jemals haben willst, kann ich ihn dir jetzt auf einem silbernen Tablett servieren!«

Alles war so schnell gegangen, dass er sich kurz fragte, ob er nicht vielleicht träumte, wie sie da diese schwarze Straße in aller Geschwindigkeit entlangsausten.

Maine saß eng an ihn gedrückt mit undurchdringlicher Miene neben ihm, aber ihr Oberschenkel fühlte sich heißer an als ein Heizkörper.

Nachdem Jo die gerade Strecke verlassen hatte, erkannte er in der Ferne das kleine Lichterballett der Radiostation, das rot und weiß durch die Nacht tanzte. Sie kamen ihrem Ziel näher, es ging nun auf Nebenstraßen weiter, dann auf Schlammpisten.

Was er dort verloren hatte, wusste er noch nicht. Maine hatte ihm gesagt, er solle seine Werkzeuge mitnehmen und er vermutete, dass eine eher tiefschürfende Auseinandersetzung mit den Bewohnern der Villa bevorstand.

Wegen des kleinen Alten hatte er keine großen Bedenken. Das Muskelpaket Bernard hingegen hatte Tonio in weiser Voraussicht entwaffnet, bevor er gegangen war. – Vorsicht war geboten! Es wäre verheerend gewesen, wohlbehalten mit dem Papierkram oder auch mit Godot anzukommen, um dann von einer Artillerie begrüßt zu werden!

Die Korsen hatten keinerlei Schwierigkeiten bereitet; die Jungs legten keinen Wert auf Ehrenrettung, und da nichts mehr zu holen war, hatten sie sich aus dem Staub gemacht – nicht, ohne der Form halber noch ein wenig zu fluchen.

»Wir sind gleich da!«, sagte Jo. »Möglicherweise sind wir nicht sehr willkommen, Frau Maine! Sie bleiben besser im Auto!«

»Schon gut!«, sagte Maine nur.

Eine halbe Minute später bogen sie in einen abgelegenen Weg ein, holperten durch tief ausgefahrene Reifenspuren, über Schlamm und Ziegelbruchstücke. Jo blieb vor dem Zaun stehen und schaltete sofort die Scheinwerfer aus.

»Sollen wir das Werkzeug mitnehmen, Frau Maine?«

Es war finster wie in einer Gruft.

»Geben Sie das Félix!«, sagte Maine.

»Mir?«, fragte Félix.

Alle drei sahen zum Fenster hinüber; durch die Läden drang gedämpft der Schein einer Lampe. Sie glaubten zu erkennen, dass einer davon aufgestoßen wurde: Es waren Leute im Haus.

Félix spürte, dass ihm ein kalter Gegenstand in die Hand gedrückt wurde.

»Vorsicht!«, sagte Jo, »das Teil geht fast von selbst los!«

Sie stiegen nacheinander aus. Ein Lichtstrahl durchdrang die Nacht. Aus dem Inneren des Hauses wurde eine glücklicherweise zu schwache Taschenlampe auf sie gerichtet.

»Wir stellen uns an wie die letzten Trottel, Frau Maine«, sagte Jo. »Wenn die auch nur eine Steinschleuder haben, sind wir erledigt! Das ist doch keine Arbeit!«

»Aufmachen sollen sie uns!«, sagte Maine. »Geben Sie sich zu erkennen, Jo. Mehr verlange ich gar nicht von Ihnen!«

Félix spürte, wie ihm die Waffe in der Hand in die richtige Position gerückt wurde. Jo legte ihm den Finger auf den Abzug.

»Vorsicht, Herr Félix! Sie ist sensibel wie eine Briefwaage, aber sie hebt gerne die Nase hoch! Zielen Sie auf die Wampe!«

»Was machen wir hier eigentlich?«, fragte Félix leise.

»Ah!«, Maine war außer sich vor Wut: »Du wolltest ihn doch, jetzt hast du ihn! Das kommt uns ganz schön teuer zu stehen! – Na los, mach schon!«

»Ich?«, fragte Félix wieder. »Einfach so? – Im Dunkeln?«

»Das ist doch der Gipfel«, sagte Maine. »Auf einmal hat er Angst vor der Dunkelheit, ausgerechnet jetzt!«

»Das ist es nicht«, sagte Félix, »aber ich will ihn sehen! Er ist es doch, oder?«

Jo war schon unterwegs durch den Garten mit dem hohen Gras, das um seine Beine strich. Er klopfte an die Eichentür.

»Ich bin's – Jo! Ich bin's, Jungs!«

Félix stand wie angewurzelt auf der Stelle. Nicht aus Angst, sondern weil er das Gefühl hatte, dass er hier zu einer sehr schwerwiegenden Tat getrieben wurde. Er hatte viel Zeit gehabt, darüber nachzudenken – zu viel Zeit: Und jetzt lief alles ganz anders ab, als er es sich ausgemalt hatte. – Er versuchte, an Janine zu denken, an dieses Häufchen verkohltes Fleisch, das er mit einem schmerzerfüllten Aufschluchzen inmitten so vieler anderer Leichen erkannt hatte.

Er hörte, wie die Tür aufging, und fast im selben Moment wurde er vom grellen Licht einer Lampe geblendet.

»Wer sind die da?«, fragte eine Stimme.

Er spürte, wie er vorwärts geschoben wurde, stolperte über die beiden Stufen und fand sich Auge in Auge mit einem bulligen Typen wieder, der wie ein Polizist aussah und ihn misstrauisch ansah.

»Ist der da Godot?«

»Klappe!«, fuhr ihm Jo über den Mund.

Er hob die rechte Hand mit seinem Broco und verpasste Bernard zwei Schläge mit dem Kolben in das Gesicht. Der andere ließ mit seiner Reaktion nicht auf sich warten. Den ersten Hieb hatte er auf den Kiefer abbekommen, den zweiten wehrte er jedoch schon mit angewinkeltem Arm ab. Er sah aus wie ein alter Catcher und hatte etwa das doppelte Volumen des kleinen Jo: Schon konterte er mit einem Uppercut auf den Plexus, bekam Jos rechten Arm mit festem Griff zu fassen und versuchte, ihm die Waffe zu entreißen.

Jo würde sich ihm nicht viel länger als zwei oder drei Sekunden widersetzen können und das Blatt könnte sich rasch wenden.

Hier ging es direkt zur Sache, es ging nicht um einen Gewissenskonflikt; Félix war dies sofort klar. Er walzte gleich einem Panzer auf ihn zu; die todbringende Waffe hatte er in der linken Hand. – Unter der Schockwirkung klappte Bernard zusammen und lockerte seinen Griff. Der Revolver war zu Boden gefallen und aus Versehen auf die Kellertreppe gekickt worden.

Die Taschenlampe war ebenfalls heruntergefallen: Man konnte nichts mehr sehen. Einen Augenblick lang herrschte Stille, keiner rührte sich im Dunkeln. – Schließlich war eine nervöse und autoritäre Stimme zu hören, die sagte:

»Was ist denn hier los?«

Coudert erschien an der Schwelle zum Esszimmer, in der Hand hielt er die Petroleumlampe.

Félix blickte zu ihm hinüber und erkannte ihn sofort. Er war wie vom Blitz getroffen, als er Maine brüllen hörte:

»Gibs ihm, Félix! Na los doch!«

Da sah er, wie Bernard mit seinem ganzen Kampfgewicht wie ein Abrissbagger auf ihn zuschoss. – Er wich ihm gerade noch rechtzeitig aus und wusste instinktiv, was er zu tun hatte. Er griff mit beiden Händen nach dem Karabiner und ließ ihn auf den Nacken des Fahrers krachen, der darunter zusammenbrach.

»Aber meine Herren!«, rief Coudert, der sich nicht von der Stelle gerührt hatte. »Das hat doch wirklich keinen Stil!«

Er ging einen Schritt vor und sah Félix an:

»Aber Sie sind doch nicht Henri Godot?«

»Jo«, sagte Maine. »Lassen Sie uns alleine! – Es wird nicht lange dauern!«

Jo bückte sich und klaubte seinen Revolver von der ersten Treppenstufe auf. Er berührte mit der Hand Bernards massigen Körper und verabreichte ihm zur Sicherheit einen saftigen Schlag mit dem Revolvergriff gegen die Schläfe.

»Aber wirklich!«, sagte Coudert. »Das ist doch unerhört!«

Dann schien er Maines Anwesenheit wahrzunehmen.

»Es tut mir leid, gnädige Frau! Sagen Sie diesen Unholden doch, sie mögen das lassen! Wir werden uns doch mit Sicherheit einigen können!«

Er erhielt keine Antwort. Maine und Félix sahen ihn unverwandt an. Ihn überlief eine Art Angstschauer, den er jedoch sogleich mit dem Gedanken an seine vertraute Formel abschüttelte: Alles ist käuflich!

»Muss ich davon ausgehen, dass dieser kleine Umschlag mich teurer zu stehen kommt als erwartet?«, fragte er und versuchte, ein Lächeln zustande zu bringen.

Félix drehte sich leicht zu Maine und schien zu fragen: »Welcher Umschlag?« – Er war geschockt, als er ihr Gesicht erblickte: ein Antlitz wie aus einer Tragödie – ein Gorgonenhaupt, ein Medusenkopf, der nichts Menschliches mehr an sich hatte: Ihr Mund war verschlossen, sie sagte kein einziges Wort, und doch glaubte er klar und deutlich zu vernehmen: ›Worauf wartest du noch?‹

Die Lampe in Couderts Hand zitterte leicht.

»Mein Angebot steht noch«, versuchte er es noch mal. »Wer sind Sie, gnädige Frau?«

Maine antwortete nicht, sondern deutete mit dem Kopf auf Félix. Die Wände des Korridors schienen zusammenzurücken. Die farbigen Glasstücke bekamen eine hypnotisierende Wirkung; Félix konnte seinen Blick nicht von ihnen lösen. –

Das hier war kein Traum, es war schlimmer als ein Albtraum; er hatte Coudert vor sich, in Reichweite, er musste nur eine leichte Handbewegung machen. – Aber er konnte nicht abdrücken, zumindest nicht sofort; Coudert sollte wissen, warum er hier war.

Er hörte sich mit tonloser Stimme sagen:

»Félix Seguin! – Sagt Ihnen mein Name irgendetwas?«

Coudert setzte eine demonstrativ fragende Mine auf.

»Meine Frau hat in den *Magasins Modernes* gearbeitet. Sie ist mit den anderen zusammen verbrannt.«

Die Lampe, die Coudert in der ausgestreckten Hand hielt, sank merklich nach unten. Sein Gesicht, das auf einmal von unten erleuchtet wurde, verwandelte sich in das eines Unbekannten, der zu leiden schien.

»Werter Herr«, sagte er, »ich selbst bin Opfer allzu vieler Verleumdungen …«

»Nein!«, unterbrach ihn Maine.

Sie näherte sich ihm, nahm ihm die Lampe aus der Hand und machte einen Schritt zurück zu Félix.

»Red nicht mit ihm, Félix! Mach schon!«

»Verleumdungen!«, sagte Félix. – »Was du nicht sagst!«

»So hören Sie doch«, sagte Coudert.

Man spürte förmlich, wie die Angst in ihm hochstieg. Er wandte sich nicht an Félix, sondern an die Frau.

»Ich weiß zwar nicht, wer Sie sind, gnädige Frau, aber hier liegt ein Irrtum vor …«

»Ein Irrtum! – Das glaubst du doch selber nicht!«, sagte Félix.

Maine hatte ein völlig verzerrtes Gesicht, sie war angespannt, die Augen weit aufgerissen; die kleinen Perlen der Lampe in ihrer Hand zitterten.

»Mach schon, Félix!«

Ihre Stimme war nur mehr ein Hauch; es war ihr anzusehen, wie sie mit sich kämpfte, um nicht zusammenzuklappen.

Der Geruch der Petroleumlampe erinnerte Félix an den Geruch nach Verbranntem, den er bei der Identifizierung der

Toten in der Leichenhalle gerochen hatte. Er wurde bleich und spürte in sich den Drang zu töten aufsteigen: In der Vorstellung war es so einfach – und es wurde so schwer, wenn man wirklich jemanden vor sich hatte.

»Du Schwein!«, sagte er. »Du musst es gestehen!«

Coudert setzte ein äußerst theatralisches Gesicht auf und breitete die Arme aus.

»Was denn gestehen?« Félix hegte nicht den geringsten Zweifel an der Schuld dieses Mannes, aber ihm wurde bewusst, dass er ein menschliches Wesen vor sich hatte, eine Person aus Fleisch und Blut. Anstatt ihn zu töten, würde er ihn plötzlich lieber ordentlich verdreschen. – Und dann fiel ihm das klassische Verfahren ein:

»Wir werden Sie der Justiz übergeben!«, verkündete er.

Damit war er beruhigt: Das war die beste Lösung!

Er hatte den Eindruck, das Licht habe sich plötzlich verändert.

Maine hatte die Lampe soeben auf den Boden gestellt. Sie wirkte sehr ruhig, viel zu ruhig. Sie kam auf ihn zu.

»Gib her!«

»Wozu denn?«, fragte er dämlich.

Doch er ließ sich die Waffe willenlos abnehmen.

Maine nahm sich nicht einmal die Zeit zu zielen; ohne Vorwarnung ging die Salve los, der Lärm war zwischen den vier Wänden ohrenbetäubend.

Coudert konnte gerade noch in panischer Angst den Mund öffnen: Möglicherweise sagte er etwas, inmitten der Schüsse verstand man jedoch nichts.

Zunächst rutschte er an der Wand entlang; einen Sekundenbruchteil hatte er alle Viere von sich gestreckt, mit offenem Mund, von unten beleuchtet. – Dann fiel er auf die Fliesen, mit den Armen nach vorne.

Maine hatte aufgehört zu schießen. Félix hatte die Waffe wieder an sich genommen. – Plötzlich breitete sich ein neuer Geruch im Korridor aus.

»Was hast du da gemacht?«, fragte Félix.

Sie sah ihn an und war kaum mehr wiederzuerkennen.

»Deinen Job, du Waschlappen!«

Dann stieß sie plötzlich einen Schrei wie eine verletzte Wölfin aus. Mit einer abrupten Bewegung hob sie die Lampe vor ihren Füßen auf und schleuderte sie mit aller Kraft auf den vor ihr liegenden Körper.

»Für dich, du Schwein! – Alde Schlambe!«

Man hörte splitterndes Glas, dann eine kleine Explosion, worauf sich das Feuer rasch in einem bläulichen Schwall ausbreitete.

Maine stürzte zitternd nach draußen, den Kopf halb in ihren Händen vergraben:

»Alde Schlambe! – Alde Schlambe!«

Félix rannte ihr nach, um sie zu stützen.

»Ach! Fass mich nicht an!«, fauchte sie.

Jo war zur Stelle.

»Schnell!«, rief er. »Hier in der Gegend wird es gleich sehr ungemütlich!«

Die Rückfahrt verlief schweigend. Maine schluchzte noch immer und jedes Mal, wenn Félix sich zu ihr hinüberbeugte, um sie zu trösten, stieß sie ihn vehement zurück.

»Rühr mich nicht an!«

»Angèle ...«, versuchte Félix es erneut.

Aber da war keine Angèle mehr, da war jemand, der neben ihm auf einmal ein ungeheures Gewicht bekam; er fühlte sich dagegen wie ein kleiner Junge.

Als sie über die Porte de Vincennes nach Paris hineinfuhren, fasste er einen Entschluss:

»Ich fahre, Angèle. Ich nehm den ersten Zug. – Wenn du die Kleine vielleicht noch ein paar Tage hierbehalten willst?«

»Oh nein!«, sagte Maine mit einer Stimme, die aus ihrem tiefsten Innersten kam. »Fahrt beide weg; bitte!«

Dann fiel kein weiteres Wort mehr, bis sie in der Rue Fontaine angekommen waren. Der *Faisan* war noch offen. Sie trafen auf Godot, der sie zu erwarten schien. –

Zahlreiche Tische im Saal waren schon leer, und selbst die letzten Nachtschwärmer waren nicht mehr in Stimmung, das Tanzbein zu schwingen. Die Scheinwerfer verbreiteten jetzt ein gelbes Licht. Frühlingsstimmung! Die Ventilatoren sogen den Rauch und den Alkoholgeruch aus der Luft mehr oder weniger auf.

Félix sah Maine im gelben Licht an und erkannte sie nicht wieder. Sie war eine Dame, eine echte Dame; sie schien jetzt alterslos. Ihr leerer Blick war der einer orientalischen Gottheit.

»Ja und?«, sagte Godot. »Darf ich vielleicht auch mal etwas erfahren?«

»Ich schlaf hier!«, sagte Maine. »Wo ist Colette?«

»In meinem Büro!«, sagte Godot und ließ sie vor sich die kleine Treppe mit den Philodendren hinaufgehen.

Er hielt Jo auf, der ihnen folgen wollte.

»Mit dir«, sagte er, »haben wir noch eine Rechnung offen!«

Maine drehte sich um.

»Lass ihn!«, sagte sie. »Jo arbeitet seit heute Nacht für mich. Ab morgen übernehm ich den *Prince*!«

Sie entdeckte Ghislaine und Fred, die sie von der Bar aus anstarrten, als sähen sie sie zum ersten Mal. Sie wollte etwas sagen, begnügte sich dann jedoch mit einem Schulterzucken.

Sie betrat das Büro als erste und ihr Blick fiel auf Colette, die mit angezogenen Beinen auf dem Sofa saß. Die beiden Frauen sahen sich einen Moment herausfordernd an. –

»Du verschwindest!«, sagte Maine in einem entschiedenen Ton, schneidend wie ein herabsausendes Fallbeil.

»Gut!«, sagte Colette und stand auf. »Ist mir nur recht!«

»Und was ist mit Coudert?«, fragte Godot, der das Büro erreicht hatte.

Maine machte nur eine Handbewegung:

»Erledigt!«

Godot wandte sich mit einem etwas gezwungenen Lächeln Félix zu.

»Wir halten Versprechen, Kumpel! Sogar die von anderen!«

Félix begnügte sich damit, mit dem Kopf auf Maine zu weisen, die die Mappe mit den Dokumenten für den *Prince* geöffnet hatte und sich nicht mehr dafür interessierte, was um sie herum geschah.

»Wir gehen!«, sagte Félix. »Komm, Colette. Verabschiede dich von deiner Mutter!«

Colette hatte das vielsagende Mienenspiel mitverfolgt: Sie rührte sich einen Augenblick lang nicht von der Stelle. Da sah sie Jo am Eingang stehen. Er hob die Hand unsicher zu einem freundschaftlichen Gruß; sie antwortete mit einem traurigen Lächeln.

»Ihr könnt zum Schlafen in die Rue de Bassano gehen«, sagte Maine, ohne sich umzudrehen.

»Nicht nötig«, sagte Félix. »Wir fahren mit dem Frühzug.«

Er näherte sich ihr, nahm vertraut ihre Hand.

»Bist du mir böse?«

Sie schenkte ihm einen matten Blick.

»Mein Lieber, wir sind eben nicht vom selben Schlag!«

Er suchte nach einem passenden Satz, öffnete ein wenig den Mund. – Aber dem war nichts hinzuzufügen.

»Danke!«, sagte er einfach.

Maine machte mit der Hand eine eindeutige Geste, die als Verabschiedung galt. Sie vermied es, ihre Tochter anzusehen. Diese bewegte sich nicht vom Fleck.

»Komm!«, sagte Félix.

»Also dann – Auf Wiedersehen!«, sagte Colette, ohne sich zu rühren.

»Aber ja doch, ja!«, sagte Maine genervt, ohne sich dabei umzudrehen.

Colette ging bis zur Tür, dann drehte sie sich plötzlich um. Sie stürmte auf ihre Mutter zu.

»Auf Wiedersehen, Mama!«

Unter ihren Lippen spürte sie ein fiebrig glühendes Gesicht. Maine erstarrte, als wollte sie nicht berührt werden.

»Mama! –«, sagte die Kleine leiser.

»Gut jetzt!«, sagte ihre Mutter und löste sich aus der Umarmung. Aber ihr Blick traf einen Moment auf den von Colette, und das Mädchen glaubte, darin den Hauch eines Lächelns zu erraten.

ENDE

Übersetzung aus dem französischen Originaltext
von Helm S. Germer

Bernd G. Bauske (Leiter des Übersetzerkollektivs),
Lars Kitzmann,
Julian Löffler,
Paulina Nuss,
Christine Rabl

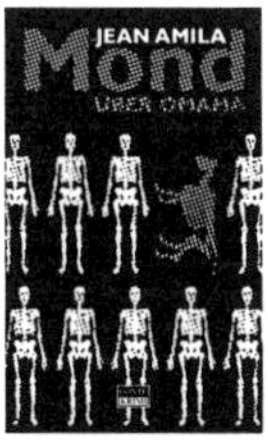

Jean Amila ***Mond über Omaha***
Reihe Amila 1
214 Seiten, ISBN 978-3-936950-33-5, 10,00 €

Jean Amila ***Mitleid mit den Ratten***
Reihe Amila 2
212 Seiten, ISBN 978-3-936950-43-4, 10,00 €

Jean Amila ***Bis nichts mehr geht***
Reihe Amila 3
220 Seiten, ISBN 978-3-936950-53-3, 10,00 €

Jean Amila ***Motus!***
Reihe Amila 4
180 Seiten, ISBN 978-3-936950-79-3, 10,00 €

Jean Amila ***Die Abreibung***
Reihe Amila 5
190 Seiten, ISBN 978-3-936950-96-0, 10,00 €

Weitere Krimis im Conte Verlag

Markus Walther (Hrsg.) ***Letzte Grüße von der Saar***

Krimi-Anthologie

244 Seiten, ISBN 978-3-936950-68-7, 12,90 €

Lisa Huth, Karin Mayer (Hrsg.) ***Mord vor Ort***

Das Krimibuch zum Treffpunkt Ü-Wagen

230 Seiten, ISBN 978-3-941657-02-1, 12,90 €

Stefan Hüfner ***Der Tote von Dresden***

184 Seiten, ISBN 978-3-936950-13-7, 9,90 €

Kerstin Rech ***Schenselo***

188 Seiten, ISBN 978-3-936950-60-1, 9,90 €

Kerstin Rech ***Hotel Excelsior***

232 Seiten, ISBN 978-3-936950-77-9, 11,90 €

Elke Schwab ***Kullmanns letzter Fall***

355 Seiten, ISBN 978-3-936950-71-7, 11,90 €

Elke Schwab ***Tod am Litermont***

278 Seiten, ISBN 978-3-936950-74-8, 12,90 €

Elke Schwab ***Hetzjagd am grünen See***

296 Seiten, ISBN 978-3-936950-95-3, 12,90 €

Elke Schwab ***Das Skelett vom Bliesgau***

282 Seiten, ISBN 978-3-941657-14-4, 12,90 €